Amores
ocultos

Emma Darcy

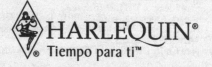

HARLEQUIN®
Tiempo para ti™

NOVELAS CON CORAZÓN

Editado por HARLEQUIN IBÉRICA, S.A.
Hermosilla, 21
28001 Madrid

I.S.B.N.: 84-396-8103-8
Depósito legal: B-23503-2000
Editor responsable: M. T. Villar
Diseño cubierta: María J. Velasco Juez
Fotomecánica: PREIMPRESIÓN 2000
C/. Matilde Hernández, 34. 28019 Madrid
Impresión y encuadernación: LITOGRAFÍA ROSÉS, S.A.
C/. Energía, 11. 08850 Gavá (Barcelona)
Fecha impresión Argentina:7.12.00
Distribuidor exclusivo para España: M.I.D.E.S.A.
Distribuidor para México: INTERMEX, S.A.
Distribuidores para Argentina: interior, BERTRAN, S.A.C. Vélez
Sársfield, 1950. Cap. Fed./ Buenos Aires y Gran Buenos Aires,
VACCARO SÁNCHEZ y Cía, S.A.
Distribuidor para Chile: DISTRIBUIDORA ALFA, S.A.

Capítulo 1

EL AVIÓN aterrizó casi sin que se notara. Leigh Durant relajó las manos y abrió los ojos. Un aterrizaje seguro... A pesar de que los nervios que le producían un nudo en el estómago indicaban que ese viaje iba a tener poco más de seguro.

Desde su asiento de ventanilla veía llover a cántaros en Sydney.

Era una noche oscura y tormentosa...

El perro personaje de cómic, Snoopy, siempre empezaba sus historias escribiendo esas palabras sobre su caseta con su máquina de escribir. Leigh se preguntó si no estaría comenzando una nueva fase de su vida al ir a casa o si no estaría simplemente terminando con la que empezó el día en que nació, hacía veinticuatro años.

Desde que la prensa diera la noticia del fatal ataque al corazón de Lawrence Durant, ella había empezado a esperar que su largo y solitario exilio hubiera terminado. Aunque no estaba nada segura en lo que se refería a su familia. Lo único que sabía era que el hombre que tan cruelmente había dominado sus vidas ya estaba muerto. Y Leigh quería verlo enterrado. Bien enterrado. Después de todo...

Bueno, trataría de establecer una nueva relación con su madre y hermanas. Pudiera ser que ellas no quisieran tener nada que ver con ella. Habían pasado seis años desde que se separaran... Seis años desde que ella había huido del infierno de saber que no pertenecía a esa familia y que no podría hacerlo mientras viviera Lawrence Durant. Pudiera ser que nadie quisiera verla de vuelta... y el vacío de soledad de su vida nunca se llenara.

Trató de no pensar en eso. Tenía que haber una oportunidad. Lawrence ya no estaba allí para influenciar su comportamiento hacia ella, hacia la hija que no era su hija. Al polluelo de cuco que había odiado tener en su nido. Ahora, su madre y hermanas estaban libres de él. Seguramente se podría reunir con ellas, si es que había algo de justicia en el mundo.

El avión se detuvo y Leigh se quitó el cinturón de seguridad y se levantó con los demás pasajeros para tomar su equipaje de mano. Estaba cansada. El día anterior había volado de Broome a Perth y allí se había comprado algo de ropa decente y luego había tomado otro vuelo hasta Sydney, al otro lado de Australia.

Una vez en la terminal, la foto de un rostro le llamó la atención y el corazón se le encogió.

Richard Seymour.

Antes de que supiera lo que estaba haciendo, ya tenía la revista en las manos y estaba mirando fijamente la imagen del hombre que había llenado sus años de adolescente.

–¡Muévase! –dijo alguien impacientemente.

–Está interrumpiendo el camino, señorita –dijo más educadamente el hombre que tenía detrás.

–Lo siento –murmuró ella sin soltar la revista.

Richard Seymour...

Había leído sobre él en algunos reportajes sobre la muerte de Lawrence. Estaba ahora a cargo del gran imperio financiero. Había sido la mano derecha y el protegido de Lawrence.

Pero hasta entonces no había visto una foto suya.

Ver ahora su rostro despertaba en ella los sentimientos ambivalentes de siempre. ¡Idiota! Se dijo a sí misma. De una cosa estaba segura. Si ese era el comienzo de una nueva fase de su vida, él no tenía cabida en ella. Ni siquiera había ninguna razón para que él se quisiera ver mezclado de nuevo con la familia Durant. Ya tenía todo lo que siempre quiso: el poder absoluto sin nadie ante quien responder, salvo sus accionistas.

Una energía furiosa la recorrió y tiró la revista en una papelera, librándose de ese desagradable recuerdo de un hombre en quien no merecía la pena ni pensar. Por supuesto, lo vería al día siguiente en el funeral, pero nadie la podría forzar a tener nada que ver con él. Ya no, Lawrence estaba muerto.

Seguía lloviendo cuando salió del terminal y, por suerte, había muchos taxis en la parada. Se metió en uno y le dio la dirección de su hotel al taxista.

Durante el trayecto, trató de relajarse, pero le resultó imposible, ya que no dejaba de preguntarse si no habría hecho el idiota al volver, si no debería haberse quedado en Broome, olvidándose por completo de su pasado.

Pero no servía de nada preocuparse por eso ahora. Mañana iría al funeral de Lawrence, vería a su madre y hermanas y su actitud hacia ella determinaría si tenía sitio allí o no.

Capítulo 2

NADA había cambiado.

Leigh estaba en el gran salón de recepciones de la mansión de los Durant, sintiéndose igual de inútil y fuera de lugar que cuando era adolescente. Era como si hubiera vuelto atrás en el tiempo.

Se dijo a sí misma que ahora tenía que ser diferente. Lawrence Durant había muerto. Su padre durante los primeros dieciocho años de su vida había muerto. Seguramente su fuerza represiva y tiránica habría muerto con él, dejando ahora a su madre y hermanas libres para seguir sus propias inclinaciones, en vez de los deseos de él.

¿O sería demasiado pronto para ellas para que se dieran cuenta de que se había marchado de verdad?

Naturalmente, la conversación en la capilla había sido muy limitada. La sorpresa de verla allí después de una ausencia tan larga podría haberlas dejado también sin palabras. ¿Pero por qué la estaban ignorando ahora? ¿Por qué la estaban dejando completamente sola? Si le hubieran mostrado un poco de sentimiento de bienvenida...

En un momento dado, Leigh sintió un destello de alivio cuando vio a su madre apartarse de un grupo de gente, así que se acercó a ella y le tocó el brazo para llamar su atención.

–¿Madre?

Alicia Durant miró brevemente a su hija.

–Ahora no, Leigh. Tengo que volver con Richard.

Richard Seymour, el aparente heredero del imperio financiero de Lawrence, el que había presidido el funeral y toda esa ostentación en la mansión familiar. Se había negado a mirarlo durante el funeral y, verlo ahora, le produjo de nuevo una oleada de su antiguo odio hacia él.

Él era todo lo que ella no era y nunca podría ser. Lo que Lawrence Durant había querido de su quinto hijo, un hijo brillante que se hiciera cargo de su imperio... Pero el quinto hijo que le dio su esposa fue ella, Leigh, otra hija.

Richard brillaba en todo. En aspecto, cerebro, carisma personal... De él emanaba un aura de poder y éxito. Leigh le dio la espalda deliberadamente, diciéndose a sí misma que ya no le importaba nada de eso. Ya no tenía ninguna razón para odiar a Richard Seymour. Se había hecho su propia vida aparte de Lawrence.

Suspiró y pensó que, seguramente, su madre y hermanas ahora le estarían bailando el agua a Richard. El rey había muerto, ¡viva el rey!

Pero el rey no era de la familia, así que ella no entendía realmente su fijación con él. Él no podía dirigir sus vidas como lo había hecho Lawrence. No con la misma mano dura y, ciertamente, no con la misma crueldad.

Decidió salir al patio trasero para apartarse de la gente. El frío viento seguramente haría que la mayor parte de la gente se quedara dentro de la mansión.

Ese viento no le importaba a ella. No llevaba sombrero ni un peinado caro que pudiera verse arruinado.

La espesa mata de cabello que le llegaba casi a la cintura podría arreglársela con un cepillo cuando estuviera sola.

Se dirigió a los jardines, que llegaban hasta el borde del agua. Una vez allí, se detuvo para observar la bahía de Sydney. Ya no llovía como la noche anterior, pero hacía un día gris de invierno. Incluso los barcos parecían apresurarse a llegar a sus destinos.

Pensó en el aeropuerto de Broome, en la costa del otro lado de Australia, donde hacía calor constantemente, las aguas eran de color esmeralda y la palabra prisa era algo desconocido. Una vida muy distinta a la de esa ciudad. ¿Pero ella había hecho realmente su hogar allí o era solamente un refugio?

–Leigh...

Giró la cabeza de golpe al oír su nombre.

Era Richard.

Pero ella ya no era una adolescente atrapada en ese lugar. Era una joven independiente de veinticuatro años de edad y con otra vida muy bien establecida lejos de allí. No había nada que la pudiera intimidar, ni nadie que la pudiera amenazar.

Se obligó a mirar fríamente al hombre que era la imagen de su tormento en el pasado. No tenía ni idea de lo que él podría querer de ella ahora. ¿Qué interés podría él tener en la oveja negra de la familia Durant?

Ella no había tratado nunca de ponerse en contacto con su familia en todo el tiempo que había estado fuera. Entonces, ¿por qué habría dejado Richard a sus admiradores para seguirla allí fuera? Ella tenía que ser algo totalmente irrelevante en su vida.

–No te vas a marchar, ¿verdad? –le preguntó él.

Parecía preocupado, lo que la extrañó aún más.

–¿Por qué te debería importar a ti?

Él se acercó sonriendo.

–No he tenido la oportunidad de hablar contigo.

Leigh se sintió inmediatamente suspicaz ante esa demostración de encanto.

Él no había intentado encantarla en el pasado, así que, ¿por qué lo intentaba ahora?

–No sabía que tuviéramos nada de qué hablar.

Pero eso no lo detuvo.

–Has estado fuera mucho tiempo –dijo él sin dejar de acercarse.

Su perfecta forma de vestir no la engañaba ni por un momento. Richard Seymour era un cazador sacado del mismo molde que Lawrence Durant. Y por alguna oscura razón, la estaba cazando a ella y el corazón se le encogió con el mismo antiguo miedo.

De alguna manera, logró sonreír irónicamente.

–¿Es que quieres darme la bienvenida a casa?

Nadie lo había hecho y, ciertamente, ella no se esperaba que lo fuera a hacer él.

–¿Es que has vuelto? –le preguntó él con una voz que hizo que un escalofrío le recorriera la espalda.

Eso hizo que ella levantara inmediatamente todas sus defensas. No la iba a conseguir. No podía permitírselo. Con toda su fuerza de voluntad, puso un aire de como si no le importara nada.

—Solo para comprobar cómo está la cosa. Me ha parecido que no está muy amigable, así que me vine a dar un paseo fuera mientras se atendía a la gente importante. Y ahora, si me disculpas...

Entonces empezó a bajar los escalones que daban a la parte inferior de los jardines.

La voz de él la siguió.

—¿Te importa si te acompaño?

Ella volvió a estremecerse.

—Te echarán de menos...

—Tú eres la persona con la que quiero estar.

—No es una buena elección.

—Es la mía. No permito que los demás elijan por mí.

En sus ojos se leía una evidente decisión. Leigh sabía que no se iba a echar atrás.

Como decidió que ella era una completa pérdida de tiempo para él, pensó que no habría nada de malo en acceder.

—Muy bien —dijo—. Admiro a la gente que tiene la fuerza de carácter de tomar sus propias decisiones.

Él sonrió y dijo recorriéndola con la mirada:

—Yo también. Tienes buen aspecto.

—Gracias. Aunque supongo que soy lo contrario a la anorexia.

Él la había acusado de eso durante uno de los rituales almuerzos de los sábados de Lawrence, cuando a ella le resultaba imposible comer nada por los nervios.

Richard se encogió de hombros.

–Te lo creas o no, en ese tiempo estaba preocupado por ti. Estabas muy delgada.

–Y, como tú lo dijiste tan amablemente, la anorexia podía ser una forma de tomar el control de mi cuerpo, pero no me daría el control sobre nada más.

Él la miró a los ojos.

–Pensaba que necesitabas un acicate.

Él se lo estaba dando ahora con ese perverso interés en ella. Entonces ella tenía diecisiete años y creía que tenía un problema de peso. Trataba de parecerse a sus esbeltas hermanas, algo imposible.

Había nacido con una estructura ósea distinta a ellas y, por muy delgada que estuviera, las curvas de su cuerpo le negaban la figura andrógina de las modelos. Una vez lejos de la represión familiar, se había transformado en la mujer que tenía que ser, con curvas voluptuosas, pero no gorda para su altura. Era más alta de lo normal, pero aún con tacones, no tanto como Richard Seymour.

–Bueno, Richard –dijo mientras se acercaban a la piscina–. Deja que te diga que no necesito de tu aprobación por quien o lo que soy. De hecho, tu opinión, la que sea, es irrelevante para mí.

Richard se rio y Leigh apretó los puños.

–Echaba de menos las chispas que salen de esos ojos increíblemente expresivos.

¿Que las echaba de menos? ¿De verdad que ella le había causado tanta impresión hacía años? ¿O estaba tratando de ligar con ella ahora que tenía buen aspecto?

Frunció el ceño. Al parecer, a Richard le gustaba su figura actual. Y, con respecto a sus ojos, ella solo los aceptaba como parte de sus rasgos. Tan negros como su cabello y a tono con el leve color oliva de su piel. Tenía la nariz recta y los labios llenos, cosa que también había terminado por aceptar. Como había ganado peso, los rasgos que tanto la habían desesperado antes, ahora estaban mejor.

Ciertamente, ya no se sentía como el Patito Feo, como siempre se había sentido en esa casa, en comparación con la belleza de sus hermanas mayores. Recordaba el desastre que se produjo cuando trató de teñirse de rubia.

Fue entonces cuando supo que era una intrusa, como un cuco en el nido de otro pájaro. Y los cucos no se vuelven otra cosa.

–Estoy seguro de que no necesitas de mi

aprobación, Leigh –dijo Richard–. Ningún hombre de sangre caliente dejaría de dártela. ¿Estás contenta con la vida que te has construido?

–Razonablemente –respondió ella sin mirarlo–. ¿Y tú? ¿Estás contento con lo que eres?

Él se volvió a reír, pero esta vez más irónicamente.

–¿Sabes que nadie me ha hecho nunca esta pregunta?

Por supuesto, el éxito no invitaba a tener semejantes preguntas.

–Tal vez debieras hacértela tú mismo.

–Tal vez. Aunque no puedo decir que haya estado nunca en mi lista de prioridades. Siempre he pensado que la felicidad es algo muy escurridizo, algo que no se puede capturar fácilmente y que es incluso más difícil de conservar.

Al contrario que el dinero y el poder.

–¿Entonces por qué me preguntas a mí por ello?

–Oh, supongo que realmente te estaba preguntando si habías encontrado una relación satisfactoria.

La primera reacción de Leigh fue decirle que eso no era asunto suyo, pero luego se le ocurrió que, tal vez, él estuviera tratando de tener una aventura con ella mientras estuviera en Sydney.

¿La vería ahora suficientemente mayor para él?

La idea era ridícula, pero curiosamente tentadora. Leigh se sintió tentada de jugar un poco, solo para ver si era cierta.

—No, no la he encontrado. Por lo menos, no tan satisfactoria como me gustaría. Pero yo no he vuelto a casa por ti, Richard.

Fue un error mirarlo, ya que vio la intensidad de su mirada.

—¿Soy yo uno de los fantasmas que quieres dejar reposar?

—¿Por qué piensas eso?

—Por lo mucho que me odiabas.

—¿No lo habrías hecho tú en mi lugar?

—Sí. Pero no había nada que yo pudiera hacer para cambiar tu lugar, Leigh, Lo tenías que hacer por ti misma. Me pregunto si todos esos sentimientos negativos hacia mí siguen existiendo.

—No creo que eso te importe —dijo ella.

—Pues me importa. Y mucho.

—¿Por qué?

—Yo no era tu enemigo —respondió él—. Tu odio era ciego, Leigh. Tanto como lo pudiera ser, yo era tu amigo.

Difícilmente, pensó ella con una violencia que la sorprendió.

—Yo no te veo como a mi enemigo, Richard

—dijo ella tan desapasionadamente como pudo—. Y no creo que lo hiciera entonces. Si tú no hubieras sido el protegido, algún otro lo habría sido y habría sido usado de la misma forma para mostrar la insatisfacción de mi padre conmigo.

—A mí no me gustaba nada mi lugar en ese juego, Leigh.

—Pero no lo dejaste.

—Como tú dices, eso no habría cambiado nada. Lawrence habría encontrado a otro. Alguien que se habría unido a él en el juego, poniéndotelo peor a ti.

Con justicia, ella no podía acusar a Richard de insistir mucho en la crueldad que imperaba en los famosos almuerzos de su padre. Recordaba que él trataba de cambiar de conversación, apartando el foco de la misma de ella, pero ella lo había odiado también por eso, pensando que sentía lástima.

Había querido que él la defendiera, a pesar de que Lawrence nunca se lo habría tolerado. Ahora lo podía ver, pero entonces...

Respiró profundamente, tratando de aclararse la cabeza del torbellino que Richard aún podía originar en ella. Si lo pensaba razonablemente, podría estar de acuerdo con su punto de vista. Él podía haber sido un amigo para ella sin haber puesto en peligro su posición.

–Bueno, gracias por pensar en mis sentimientos –dijo–. Sucede que ya no te odio y que no eres un fantasma que necesite poner a reposar.

–¡Muy bien! –exclamó Richard y pareció aliviado.

¿Por qué le importaba a él lo que ella sintiera? A no ser, por supuesto, que tratara de acostarse con ella y los fantasmas no eran buenos en esa clase de escenario.

Llegaron a la piscina y ella se sentó en uno de los bloques de piedra que formaban una plataforma sobre el agua, pensativa y dejándose llevar por los recuerdos.

–Me alegro de que hayas vuelto, Leigh.

Leigh se acorazó inmediatamente contra el calor que despertaron en ella esas palabras. Si empezaba a querer demasiado de Richard Seymour, seguramente terminaría amargamente desilusionada. Cualquier cercanía con él tenía que ser peligrosa. Era demasiado consciente de su presencia a cosa de un metro. Una distancia que no le parecía suficiente.

–Tenía que estar aquí hoy –respondió ella–. El funeral ha hecho muy real la muerte de Lawrence. Ya no tiene el poder de hacerme daño.

«Y no voy a permitir que tú me lo hagas tampoco», pensó ella.

–Tu madre y tus hermanas... Por lo que he

visto, ninguna de ellas te ha apoyado nunca. ¿Esperas que sea diferente ahora?

Ni él tampoco la había defendido nunca, aunque ella tenía que admitir que había hecho más que los demás para parar los juegos de Lawrence. Por otra parte, como extraño a la familia, él no se había visto sometido personalmente a ellos. Ella no era la única de la familia que había sufrido los abusos verbales. Lawrence los había ejercido con todos.

—No sé si va a ser distinto —respondió sinceramente y lo miró a los ojos—. Lawrence tiraba de los hilos entonces. Parece que ahora eres tú quien lo hace. Así que, ¿qué es lo que quieres, Richard? ¿A qué viene esta conversación? Te irá mucho mejor conmigo si no te dedicas a jugar.

Él la miró fríamente y le dijo:

—Quiero casarme contigo, Leigh.

Capítulo 3

LEIGH se quedó mirando a Richard, demasiado anonadada como para dar crédito a sus oídos.

Él la estaba mirando también con mucha intensidad, como tratando de sopesar su reacción.

–¿Por qué? –le preguntó ella por fin–. De todas las mujeres, ¿por qué te quieres casar conmigo?

–Podría darte muchas razones, Leigh, pero dado que son sobre todo bajo mi punto de vista, dudo que las veas válidas.

Ella se rio sin poder evitarlo. La situación era tan ridícula que no lo podía evitar. ¿El Príncipe Richard queriendo casarse con Cenicienta? Eso podría ser razonable si él estuviera locamente enamorado de ella, pero esa idea era tan ridícula como su proposición.

–Dame una de esas razones, Richard. Una que me pueda creer.

–Somos compañeros de viaje por un camino

que empezó hace ya mucho tiempo. ¿Quién más puede entender lo que ha pasado en ese viaje?

–Yo me salí de ese camino.

–¿Lo hiciste? No del todo, Leigh. Si no, no habrías vuelto.

–Ya te he explicado por qué lo he hecho.

Él asintió entonces.

–Y yo lo he oído, pero lo que he entendido es que esto no ha terminado para ti. Sigues buscando... justicia –dijo Richard mirándola a los ojos.

Era como si le pudiera leer los pensamientos.

–¿Qué mejor justicia puede haber que equilibrar la balanza? –continuó–. ¿Con tomar todo lo que te fue quitado? Yo te puedo dar eso, Leigh.

Ella deseó apartar la mirada, escapar de allí, pero si lo hacía, él se daría cuenta de que había dado en el blanco.

–Vamos a ir al grano, Richard. Yo no me creo que te quieras casar conmigo, así que eso del matrimonio tiene que tener un propósito para ti. ¿Qué puedes sacar tú de ello?

Él se rio.

–No pienso que me fueras a creer si te dijera que te amo –dijo él acercándose más–. Pero no creo que no te desee, Leigh. No hay nada en ti que no quiera, incluyendo tu tremenda claridad en lo que dices, cosa que encuentro más refrescante de lo que te puedas pensar.

El corazón le estaba latiendo tan fuertemente a ella que no se le ocurrió nada que decir. Su mente estaba llena de señales sexuales. Y lo terrible era que no se las podía quitar de encima. Había una fascinación real en csa loca respuesta física que sentía hacia Richard Seymour. Recordaba muy bien como su presencia siempre la había afectado cuando era adolescente. Entonces no lo había reconocido como atracción sexual, pero ahora...

¿Lo sabría él?

¿Lo sentiría?

El pánico la hizo permanecer en silencio.

A él no pareció importarle lo más mínimo el que no respondiera y siguió hablando como si nada.

–Se suponía que tú ibas a ser el hijo que se hiciera cargo del imperio de Lawrence, de su apellido y dinastía. Y pagaste con creces no serlo. Lo que no sabes... todavía, es que él nunca perdió su obsesión por que fuera su propia sangre la que llevara su negocio.

–Pero eso es imposible ahora –murmuró ella.

–No, no lo es. Si él tuviera un nieto capaz. Y Lawrence pensó en eso antes de morir. Lo pensó y lo planeó.

¡Un nieto! Aquello era para vomitar. Un niño inocente creado por el enorme ego de Lawrence Durant. Con toda su vida planeada rígidamente antes incluso de que empezara a vivirla. Como lo habría sido la de ella si no hubiera nacido niña y estuviera hecha del material adecuado para amoldarse a ser un monumento a un hombre que no se merecía para nada ese monumento.

–¿Le eligió también el nombre? –preguntó enfadada–. El mío se suponía que iba a ser Leigh Jason. Se olvidó de lo de Jason cuando resultó que era una niña.

–Lawrence –respondió él secamente.

–Por supuesto. Un Lawrence desaparece y otro surge.

–Pero él ya no puede hacer nada desde su tumba, Leigh. Y se puede vencer a sus propósitos.

–Sigue –dijo ella, intrigada.

–Yo fui el que se hizo cargo del papel que te habían destinado a ti. Mi tan cacareada posición como su sucesor no está completamente confirmada. En su testamento dejó muy claros los términos de lo que se esperaba de mí.

–¿Qué?

Richard sonrió sin humor.

–Si me caso con una de sus hijas y tengo un hijo, me quedaré con el porcentaje necesario del negocio que haga que mi posición como su sucesor sea indiscutible.

El material adecuado unido a los genes de los Durant.

Y de ahí la propuesta de matrimonio.

Pero claro, ella no podía ser la hija a la que se lo propusiera. Nunca podría serlo.

Había un gran error en el hecho de que Richard la eligiera a ella como su esposa y Leigh no era la única que lo conocía. Su madre lo sabía también. Y también era posible que lo supieran sus cuatro hermanas. Y seguro que se lo dirían muy pronto si les interesaba, cosa que, teniendo en cuenta lo que había visto, estaba segura de que era así.

Las cinco debían conocer el testamento. Cualquiera que fuera la elegida por Richard se vería de repente en lo más alto de su mundo. Eso explicaba la razón por la que su madre y hermanas estuvieran tan interesadas en él y no hubieran prestado nada de atención al retorno de la hija pródiga. Era el mismo y viejo juego de luchar por el poder.

Miró a Richard a los ojos y dijo entonces:

—La respuesta es no, Richard. No me casaré contigo.

Luego se levantó, le dio la espalda y se dirigió de nuevo a las escaleras que seguían bajando, alejándose de él y de esa casa y familia a la que importaba más lo que se aparentaba que ella misma.

—¿Por qué no? —dijo él.

Ella agitó una mano sin volverse.

—Tienes otras cuatro hermanas para elegir. Solo te he gustado, nada más.

—Yo no quiero a ninguna otra —afirmó él vehementemente.

Ella agitó la cabeza y siguió caminando. Pudo oír los pasos de él siguiéndola y deseó que la dejara en paz.

Era algo perverso por parte de él que la eligiera a ella por encima de las demás, a cualquiera de sus bellas hermanas, rubias, con la sangre adecuada y lo suficientemente ansiosas por atraparlo a él, a su cama y a su cuenta corriente. Felicity, Vanessa, Caroline, Nadine... Unos nombres muy femeninos y con clase.

El impulso de contarle la verdad hizo que se volviera y lo mirara fijamente. Él ya se estaba acercando.

—¿Sabes, Richard? La mayoría de la gente no consigue todo lo que quiere. Puede que tú no estés acostumbrado a eso, pero estoy segura de que a veces hay que aceptar compromisos, incluso en tu mundo.

Él siguió avanzando.

—Puedes tener todo lo que quieras de mí, Leigh.

La fuerte convicción que se leía en su voz le llegó al corazón, pero solo por un momento. No le estaba ofreciendo amor. Probablemente ni supiera lo que era el amor, ni ella tampoco.

—Es muy sencillo, Richard —dijo ella—. A pesar de lo que tú me puedas dar a mí, yo no te puedo dar a ti lo que tú quieres.

Él se detuvo apenas a un metro de ella y no pareció nada afectado por sus palabras.

—¿Porque no eres la hija de Lawrence Durant?

Ella se quedó helada.

—¿Lo sabes?

Su propuesta no tenía entonces sentido si él lo sabía. Richard se acercó a ella con una evidente satisfacción escrita en su rostro.

—Lo supe nada más conocerte, Leigh. No eres como Lawrence, ni física ni mental ni emocionalmente. No tienes nada de él. Nada.

Aquello no era una prueba, pensó ella, pero Richard continuó.

—Lawrence me lo confirmó cuando te marchaste y yo le sugerí que debería contratar a alguien para que te siguiera los pasos, por si tenías necesidad de ayuda. Me dijo entonces que eras la hija de su esposa, no suya. Luego me hizo jurar que guardaría silencio al respecto. Un hombre orgulloso como él no quería que se supiera que no eras suya. Pero, legalmente, lo eres.

—No. Me desheredó cuando me marché.

—No te tuvo en cuenta en su testamento, Leigh, pero no consta en ninguna parte que no seas su hija. Y, dado que él ha sido incinerado hoy, no se puede hacer ninguna prueba del ADN para demostrar que no lo eres. Yo me puedo casar contigo siguiendo de buena fe los términos de su testamento.

—Mi madre puede decir quien es mi padre verdadero.

Richard sonrió amargamente.

—No creo que le interese hacerlo.

—¿Y qué te hace pensar que no aparezca mi padre verdadero si ve que puede conseguir algo de dinero?

Eso hizo que él dejara de sonreír. Pero, sorprendentemente, sus ojos se llenaron de simpatía.

—Eso no sucederá, Leigh. Tu madre les pagó a él y a su familia para que se volvieran a Italia antes incluso de que tú nacieras. Por la fecha de su marcha, yo diría que él no sabe nada de ti.

—¿Para que se volviera a Italia?

—¿Es que no sabías que era italiano?

Ella agitó la cabeza. La noche terrible en que había sabido que Lawrence Durant no era su padre, su madre se había negado a revelar las verdaderas circunstancias de su nacimiento. Lawrence y ella habían discutido fuertemente en su presencia, sobre todo por arreglos financieros más que por la infidelidad de su madre. Se habían olvidado de su presencia. Así que ella se había limitado a salir de allí, hacer la maleta y marcharse.

Italiano... Bueno, eso explicaba sus caracteres latinos y su figura. La única actriz italiana que recordaba era Sophia Loren y sus curvas eran legendarias. Suponía que un amante italiano habría supuesto un buen contraste con Lawrence Durant, pero su madre no había sido muy inteligente al tener una hija de él.

—Era el jardinero de la casa —le explicó Richard.

—¿Un jardinero? ¿Mi madre se echó un amante jardinero?

Aquello le parecía increíble. La estirada de su madre... La que siempre había despreciado a las clases inferiores.

—Él tenía cuatro hijos, Leigh.

Aquello le quedó entonces muy claro. Un hombre que era padre de hijos era precisamente lo deseado cuando ya se tenían cuatro hijas y se necesitaba un hijo varón.

Leigh cerró los ojos, ese espíritu calculador le revolvía el estómago. Aquello no había sido una concepción normal, sino una transacción comercial. No le cabía la menor duda de que, si hubieran existido los métodos modernos por aquel entonces, su madre habría abortado al ver que era otra niña.

Eso la hacía ser un fallo en todos los sentidos.

—¿Cómo sabes todo esto, Richard? —le preguntó.

—Hice mis investigaciones.

—¿Por qué? ¿Para asegurarte de que nada te pudiera estropear los planes?

—No había ningún plan cuando conseguí toda esa información. Eso fue hace seis años.

Ella frunció el ceño y se dio cuenta de que los términos del testamento solo debieron hacerse públicos después de la muerte de Lawrence.

—Entonces, ¿qué utilidad podía tener para ti?

—Oh, pensé que, algún día, tú podrías querer saber quién era tu padre verdadero.

—¿Lo hiciste por mí? —preguntó ella agitando incrédulamente la cabeza.

Era incapaz de creer en semejante altruismo por parte de un hombre tan calculador.

—Tenemos más en común de lo que tú crees. Yo tampoco fui hijo del hombre con el que mi madre se casó. Llevo su apellido, pero no soy su hijo y lo supe muy pronto.

Leigh se quedó más anonadada todavía. Nunca había sabido de nada escandaloso en el pasado de él. ¿Otro secreto de familia? Entonces se dio cuenta de lo que él le había querido decir con eso de estar viajando por el mismo camino... Así era como la había visto siempre, como una compañera de viaje.

–La verdad de semejante situación no es fácil de aceptar y un apellido puede transformarse en algo muy importante –continuó él–. El nombre de tu padre era Mario Vangelli. Su familia y él viven en Nápoles. Te puedo dar su dirección por si lo quieres ir a visitar alguna vez.

Vangelli... Richard tenía razón. Era bueno tener un apellido en vez de un espacio en blanco.

–¿Y tú? –le preguntó mirándolo con curiosidad–. ¿Encontraste a tu padre verdadero?

–Sí. Estaba casado con otra. Tenían una familia. Él no sabía que yo era su hijo y yo no se lo dije. Y, con respecto a tu padre, fue solo de su semilla de lo que se apartó.

Y le pagaron por ello.

–No creo que me apetezca visitarlo, pero gracias por hablarme de él, Richard. Siempre es mejor saber que no saber.

Él asintió sabiendo muy bien lo que era ser un hijo que no pertenecía al matrimonio de sus padres.

–Yo podría no haber vuelto –murmuró ella–. Podrías haber conseguido toda esa información para nada, Richard.

Él agitó la cabeza.

–La información es siempre útil.

Eso la hizo ver que esa era información que él podría haber utilizado contra su madre o Lawrence.

–Por supuesto. El conocimiento es poder.

–Y tú siempre ibas a volver. Cuando te sintieras lista para hacerlo.

–Por suerte para ti, lo he hecho ahora y así no has tenido que proponerle matrimonio a una de mis hermanas.

–La suerte no tiene nada que ver con ello. Si tú no hubieras venido, yo habría ido a por ti.

El corazón se le encogió. Él la quería a ella de verdad por delante de las demás.

–Habrías tenido que seguirme la pista.

–Lo he estado haciendo todo el tiempo, Leigh. Tan pronto como supe que te habías ido, actué para asegurarme de que cstabas bien. No ha habido un solo día durante estos últimos seis años en que no haya sabido dónde estabas y que no supiera que te las estabas arreglando bien. Supe el vuelo que habías tomado en Broome, en dónde te quedaste en Perth y la hora en que llegaste anoche a Sydney. Y también supe que estarías aquí hoy.

Eso la afectó más que todo lo anterior. O tal vez fue la suma de todo lo que la afectó.

–¿Has mandado a alguien a que me espiara?

–No a que te espiara. Solo a que viera cómo te las estabas arreglando. No ha habido ninguna interferencia en tu vida, Leigh.

–¿Por qué lo hiciste?

–Porque me importabas. Y no le importabas a nadie más.

Richard se acercó más todavía y le acarició una mejilla.

–Piénsalo Leigh. Has venido aquí buscando un poco de justicia.

Eso era cierto.

–Cásate conmigo... y tendrás lo que Lawrence te negó y más. ¿Qué más justicia puede haber que tomar aquello para lo que has nacido?

La cabeza le dio vueltas ante aquellas palabras.

–Te estoy ofreciendo las llaves de todo el imperio Durant, todo lo que Lawrence consiguió en su implacable búsqueda del poder. Y nadie te va a volver a tratar mal, Leigh. Como mi esposa, serás mi reina en todos los sentidos.

«Siempre que te dé un hijo», pensó ella.

Siempre había un precio...

–Quiero que seas mi reina, Leigh. Sólo tú me puedes satisfacer. Los dos somos iguales. Tú y yo.

Entonces él se acercó más todavía, le rodeó la cintura con un brazo y la hizo levantar el rostro con la otra mano. Entonces ella supo que la iba a besar, que quería seducirla, pero de alguna manera, ella no se lo quiso impedir.

Todo su ser temblaba de anticipación.

Capítulo 4

LEIGH contuvo la respiración cuando los labios de él le rozaron los suyos levemente. Habría luchado contra él si hubiera tratado de imponérselo por la fuerza, pero así, se permitió relajarse y dejar que el deseo fluyera libremente.

En todos esos años no se había olvidado de él, relacionándolo con Lawrence, pero en aquel momento se daba cuenta de que el que odiara a Richard había sido por el deseo de que él actuara de forma diferente. En su mente de adolescente, él había tenido la fuerza para oponerse a su padre, de defenderla, de ser su campeón, pero no lo había hecho. No como ella hubiera querido que lo hiciera, no lo suficiente como para satisfacer las necesidades que sentía en su interior.

¿Podría satisfacerlas ahora?

¿Lo haría?

Su mente y cuerpo eran un torbellino, tanto

que no fue consciente de levantar los brazos y pasárselos por el cuello. Su abrazo se intensificó inmediatamente y el beso se profundizó.

Fue él quien rompió el beso para respirar. Ella lo miró confusa y vio la tensión en su rostro. No entendió nada salvo el que él la había dejado de besar.

Él le recorrió entonces los labios con los dedos y la miró triunfante.

—Esta bien, ¿no, Leigh? Ha llegado el momento para nosotros.

Control, pensó ella. Él quería controlar eso a su gusto. Como lo haría Lawrence. Ella nunca más se sometería a algo así. ¡Nunca en su vida! El caos que él había desatado en su interior se transformó en un fuerte sentimiento de rebelión.

Él lo había llevado todo a su manera, la había seguido y vigilado durante todo ese tiempo. Bueno, pues no lo iba a dejar que controlara aquello.

Todos esos años de espiarla, de saber dónde estaba pero sin ir a ella, esperando a que fuera ella quien volviera, pensando que la podía manipular. ¡No! Ahora era su turno de hacer las cosas a su manera.

—Si te parece tan bien a ti, Richard, ¿qué hay de malo en ahora?

—¿Quieres hacerlo ahora?

El destello de deseo que surgió en sus ojos le produjo a ella una mezcla de miedo y ansia. ¿A qué le estaba invitando? Ese reto había sido un impulso vengativo. No se había parado a pensar en las consecuencias y él no le dio tiempo a responder.

La tomó en brazos y la metió por la puerta de la casa de verano. Para cuando la volvió a dejar de pie en el suelo, él ya había cerrado la puerta, la apretaba contra ella y la volvía a besar ansiosamente y ella respondió con toda su alma.

Las manos de él le recorrieron el cuerpo hasta detenerse en las curvas de su trasero, haciéndola apretarse más contra su calor.

Luego le deslizó las manos hasta la cintura y empezó a desabrocharle la chaqueta, debajo de la cual solo llevaba un body de seda y ella se alegró de no llevar sujetador, ya que las manos de él se deleitaron abarcándole los senos, haciéndola sentirse increíblemente sexual y lujuriosa.

Los dedos de él se deslizaron por debajo de la seda, acariciándola, luego la boca de él se separó de la suya y bajó siguiendo el mismo camino que las manos y la sintió sobre la punta de uno de sus senos, rodeándoselo.

Ella nunca había sentido nada parecido en toda su vida. ¿Y él? La verdad era que, en esos momentos, no le importaba.

Apenas se dio cuenta de que él le quitaba la falda, pero sintió muy bien la mano de él deslizándose entre sus piernas, pasando hasta encima de donde terminaban las medias y llegando a la piel desnuda, hasta su centro húmedo entre los muslos desabrochándole el body.

Luego desapareció también esa barrera y el contacto de su mano fue completo, haciéndola derretirse por dentro y ansiar más.

Se estaba derritiendo. Echó atrás la cabeza y la apoyó contra la puerta tratando de sentir algo sólido. La última vez que abrió los ojos vio que la casa estaba oscura y las cortinas echadas, de modo que nadie podría ver lo que estaba pasando allí.

Todo su cuerpo gritaba pidiendo la consumación de aquello. Se le escapó un gemido de protesta cuando la boca de él abandonó su seno, pero entonces la volvió a besar profundamente y, de repente, la mano de él ya no estaba entre sus muslos. Algo más se estaba deslizando entre ellos, algo duro y fuerte.

Un brazo le rodeó la cintura, levantándola y ella se agarró a Richard.

Luego él la dejó de espaldas sobre algo blando. Dudó un momento y ella le gritó:

—¡Hazlo!

No quería que él controlara nada. Era ella la

que estaba controlando aquello, no él. Era su decisión, no la de él.

Y Richard hizo lo que le decía, el leve dolor de una barrera rota se vio pronto sustituido por la plenitud que la llevó a una nueva explosión de sensaciones. Ya no se sentía vacía, ya que él estaba con ella, dentro de ella, y ella lo podía sentir en cada célula de su cuerpo.

Y, finalmente, él vació su fuerza en ella y no pudo hacer más. Hubo una breve sensación de éxtasis y de armonía antes de que él se levantara de encima de ella, lenta y cuidadosamente. Ella pensó lánguidamente que eso ya no se lo podía quitar nadie. Tenía que mantenerlo con ella sin importar lo que les deparara el futuro.

Su primera vez... Sorprendentemente con un hombre que nunca habría pensado y aún así... le había gustado mucho. Al saber y entender él tanto, compartir un pasado lo había coloreado todo. Richard... Richard Seymour mostrándole cómo era. O cómo podía ser entre ellos.

Ella abrió los ojos para ver lo que él estaba haciendo. Mientras Leigh seguía tirada sobre uno de los sofás de la casa de verano, él se había vuelto a poner bien la ropa. Luego abrió el cajón de un armario y sacó unas servilletas de papel y volvió con ella para limpiar con cuidado los restos de su virginidad.

–¿Te duele, Leigh? –le preguntó suavemente.

–No –respondió ella tratando que no se le notara lo poco que le gustaba lo que él estaba haciendo.

El que se comportara tan tranquilamente la devolvió al mundo real de una forma brutal. Ese caos emocional y salvaje que la había llevado a eso también le había robado su dignidad.

Se dijo a sí misma que era mejor olvidarse de eso y deseó haber perdido su virginidad en otras circunstancias. ¿Pero con quién? Solo Richard la había hecho sentirse como si estuviera bien. Pero ahora él lo controlaba todo de nuevo, más que nunca, ya que ella le había dado esas libertades. De alguna manera ella tenía que evitar que él controlara más porque eso no estaría bien en absoluto.

Él sonrió levemente.

–No es la forma en que hubiera tomado a mi novia, pero ya sabía yo que tú serías una verdadera novia.

–¿Novia?

El corazón le dio un salto en el pecho. Dejar que él fuera el primero no significaba que tuviera que unir su vida a la de él.

–Yo no he dicho que me vaya a casar contigo.

Él la miró intensamente.

–Lo harás.

Mientras le decía eso, la distraía acariciándola y haciéndola estremecerse de nuevo. Se inclinó y la besó en el estómago, pero aquello no era la respuesta a todo, pensó ella frenéticamente.

Él le colocó bien el body y la cubrió con la falda. Luego la besó de nuevo los senos antes de ocultarlos de nuevo con el body.

—Eres una mujer increíblemente hermosa —añadió y la besó de nuevo.

Cuando se levantó de nuevo le preguntó:

—¿Lista para irnos?

—No. Vete tú.

Necesitaba un poco de soledad para aclararse la cabeza.

—No sin ti, Leigh.

—Es a ti a quien han de echar de menos.

—Te quiero conmigo.

Ella agitó la cabeza, el miedo de ser manipulada la recorrió.

—No estoy lista para dar ese paso contigo, Richard.

Él frunció el ceño.

—No tengo ninguna intención de hacer un anuncio público, Leigh. Solo quiero...

Ella lo hizo callar poniéndole los dedos en los labios.

—Déjame sola. Necesito un poco de tiempo para mí ahora.

Se le notó mucho que aquello no le gustó nada a él.

—Entonces cena conmigo esta noche. Te recogeré en tu hotel. ¿A qué hora te viene bien?

Él sabía dónde se alojaba.

El cazador...

Entonces ella recordó que la razón por la que había vuelto era para tratar de sentirse parte de una familia de nuevo. Probablemente a Richard le vendría bien para sus intenciones el fastidiarle cualquier relación que ella pudiera tener con su madre y sus hermanas, pero ella no podía alejarse de ellas tan fácilmente. Había vuelto para estar con su familia, no con él y, a pesar de todo lo que él le había dicho, seguía queriendo saber si ella significaba algo para la gente con la que había compartido la mayor parte de su vida.

—Tú has querido hacer esto conmigo, Leigh —dijo él mirándola fijamente.

—Y no me arrepiento —respondió ella obligándose a sonreír—. Bueno, lo de cenar esta noche me parece bien. Recógeme a las ocho.

—Muy bien —dijo él aliviado.

—Te veré entonces.

Luego se sentó en la cama para animarlo a que se marchara.

—Hacemos buena pareja, Leigh. No dejes

que nada de lo que te diga tu familia distorsione la verdad.

Ella no dijo nada, no quería prolongar ese encuentro con él, pero cuando lo vio marcharse, pensó que todo el mundo tenía una verdad distinta.

Ella no estaba segura de la verdad de Richard.

Ni de la suya propia.

No estaba dispuesta a precipitarse en sacar conclusiones desagradables sobre su familia. Tal vez cuando era adolescente había estado demasiado absorbida por sí misma como para ver o comprender las presiones que su familia había sufrido en la vida. Era imposible saber lo que los demás sentían a no ser que lo mostraran. Por ejemplo, ella nunca había sabido que Richard fuera hijo ilegítimo.

Cuando Richard se hubo marchado, ella miró a su alrededor y se preguntó si no habría sido allí mismo donde su madre la había concebido a ella con el jardinero.

De repente se llevó las manos al vientre y calculó frenéticamente los días que habían pasado desde su último período. Siete. Solo una semana. Eso la dejaba bastante segura de no quedarse embarazada. Se sintió aliviada. Si Richard estaba contando con dejarla embarazada para conseguir sus propósitos, se iba a desilusionar.

Aunque no podía haber calculado eso, ¿verdad? No había usado protección, pero como no había sido decisión suya, no podía haberlo previsto. Y tampoco debía saber que ella no estaba usando nada. Hasta que se dio cuenta de que era virgen. Entonces había dudado, así que, definitivamente, no había habido premeditación por su parte.

Se sintió aliviada de nuevo y luego decidida.

Ella no iba a repetir la vida de su madre, teniendo hija tras hija en busca de un heredero.

Estaba segura de que, ahora que Lawrence había desaparecido, la verdad de toda la familia surgiría.

Entonces lo de esa noche...

Sí, había querido estar con Richard esa noche. Había querido, necesitado, que él le mostrara más de sí mismo. Hacer que eso que había sucedido estuviera mejor.

Si es que era posible.

Capítulo 5

POR FIN, la mansión de los Durant se quedó vacía de huéspedes... Salvo Richard. Para frustración de Leigh, su madre insistió en que se quedara a tomar café con la familia. Sus hermanas lo rodearon como una bandada de buitres alrededor de la carroña, cosa que él aceptó de buena gana, levantando las dudas de Leigh acerca de sus intenciones.

Entonces recordó lo que le había dicho él, que no dejara que lo que dijera su familia distorsionara la verdad.

Leigh se sentía ahora mucho más sola que cuando vivió allí. ¿Sería que la estaban apartando o era ella la que debía tomar alguna iniciativa?

Se acercó a Nadine, que con veintiséis años, era la más próxima a su edad de sus hermanas.

—¿Podemos hablar, Nadine? —le dijo.

—Ahora no, Leigh. Vaya un mal gusto eso de aparecer precisamente hoy.

Leigh se quedó pasmada.

–No creí que le importara a nadie.

–Jugar a cenicienta en público... ¿De dónde has sacado ese vestido? ¿En las rebajas?

¿Es que iba mal vestida? Pero Richard le había dicho que tenía buen aspecto. ¿Era tan evidente que su ropa no era cara?

Claro que, en comparación con sus hermanas, probablemente toda ella parecía barata.

–¿Ves lo que has hecho por retrasarme? –siseó Nadine cuando entraron en el salón–. Felicity ha acaparado a Richard.

Su muy elegante hermana mayor lo había hecho sentarse con ella en un sofá.

–¿Por qué no desapareces de nuevo, Leigh? Nadie te quiere aquí.

Sorprendida por esa hostilidad, Leigh dudó. Su hermana se adelantó y tomó una taza de café mientras sonreía dulcemente a Richard.

–No te quedes ahí, Leigh –dijo su madre–. Ven y siéntate.

Le indicó un sillón cercano al suyo al otro extremo de la habitación. Leigh se sintió aliviada. Por lo menos su madre estaba dispuesta a estar en su compañía ahora que ya había pasado su papel de anfitriona.

Mientras se sentaba, recordó que Nadine siempre la había considerado una molestia, sobre todo cuando le pedían que cuidara de su hermana pequeña. Pero como ahora las dos eran adultas, había pensado que sería diferente. Entonces, al ver a Richard rodeado por sus hermanas, tuvo la desagradable impresión de que su madre, al sentarla allí, la había apartado deliberadamente. Pasaron los minutos y su madre no se dignó ni a mirarla y eso la deprimió más todavía.

De todas formas, decidió esperar a ver qué pasaba.

Nadine le llevó una taza de café a su madre y se inclinó de forma que la muy corta falda que llevaba, le proporcionó a Richard una buena vista de su trasero, prácticamente al descubierto. Pero Richard no la estaba mirando, lo que divirtió en cierta manera a Leigh. La atención de él estaba centrada en Felicity, que tenía un brazo extendido por el respaldo del sofá, de forma que le rozaba el hombro con la mano.

Felicity, la mayor, siempre había sido La Princesa. Tenía una belleza de porcelana, con una piel casi traslúcida, ojos muy azules y el cabello rubio ceniza. Alta y con unas bien formadas piernas, llevaba un vestido que destacaba su belleza. Siempre había sido perfecta y, con treinta años, lo seguía siendo.

Leigh miró entonces a Vanessa, que ahora tenía veintinueve años. Se había quitado los zapatos y estaba lánguidamente tirada en la *chai-*

se longue, su figura, más voluptuosa, destacaba también con el vestido negro de encaje. Su cabello era más trigueño y rizado y sus ojos azul grisáceo. Se le notaba mucho el fastidio que le provocaba el que su hermana mayor estuviera acaparando a Richard. Tanto Felicity como Vanessa se habían casado con hombres bastante ricos mientras Leigh vivía todavía allí. Pero no había sido dama de honor de ninguna, ya que su cabello negro habría quedado mal en las fotos. Fotos que no se veían por ninguna parte. Ni a sus maridos. Su madre le había dicho secamente que se habían divorciado.

Caroline se había sentado cerca del sofá donde estaba sentado Richard. El conjunto de su cabello rubio con el vestido negro la hacía parecer muy sofisticada. Era más delgada que sus hermanas y tenía una lengua más afilada todavía. ¿Sería por eso por lo que no se había casado, teniendo veintisiete años?

Nadine se sentó junto a Caroline después de no haberle hecho el menor caso a Leigh cuando sirvió el café a su madre.

Así que allí estaban las cuatro hermanas, todas disponibles para Richard y ansiosas por conseguir su atención. Leigh se preguntó si lo querrían o lo necesitaban.

Como no conocía el testamento de Richard, no sabía lo que le había dejado a su esposa e hijas, pero conociéndolo, se podía imaginar cualquier cosa.

Entonces se sintió cenicienta de nuevo, en comparación con ellas y su madre.

Estaba segura de que Richard podría mantenerlas como estaban acostumbradas. Pero estaba muy claro que él era imparcial con ellas, educado y atento, pero imparcial. ¿Estaría manteniendo abiertas todas sus opciones? ¿Las estaría probando a todas ellas antes de elegir? ¿Se estaría acostando con todas?

Leigh odió ese pensamiento.

Quería ser especial para él.

¿Pero por qué?

La pregunta de por qué se lo habría pedido primero a ella empezó a intrigarla. ¿Se habría aburrido ya de sus hermanas? ¿La vería como la más fácil de manejar?

Trató de mirarlo objetivamente, tratando de averiguar qué era lo que lo empujaba. Como dándose cuenta de su mirada, él le dedicó una mirada corta y enigmática. Luego dejó su taza en la mesa y se levantó y sonrió a su madre.

—Gracias por vuestra hospitalidad.

—Te puedes quedar a cenar, Richard —dijo Alicia.

—Es muy amable por vuestra parte, pero prefiero marcharme ahora.

Felicity se levantó también.

–Ya es hora de que yo también me marche. Te acompañaré fuera, Richard.

Él frunció el ceño y luego miró a Leigh.

–¿No te estás olvidando que llevas seis años sin ver a tu hermana?

El corazón se le encogió a Leigh. No quería que él interviniera en ese asunto. Pero al momento siguiente se dio cuenta de que ni siquiera la opinión de él iba a contar para nada en eso.

–Oh, Leigh... –dijo Felicity riendo–. ¿De qué podríamos hablar después de todos estos años? Nunca hemos tenido nada en común, ¿no es así, querida?

Ese desagradable comentario hizo que Felicity mantuviera silencio.

–Eso puede ser diferente ahora, Felicity –dijo Richard con un peligroso tono de voz–. ¿Por qué no te quedas y lo averiguas?

Leigh apretó los puños. De todas las veces que había querido que él la defendiera, lo hacía ahora precisamente, cuando era más inoportuno.. ¿O era que él estaba subrayando deliberadamente el vacío que sabía que había allí, haciéndoselo ver a ella también?

–¿Para qué? –preguntó Felicity encogiéndose de hombros–. Probablemente ella se vuelva a ir mañana mismo.

Vanessa se levantó sinuosamente de la *chaise longue* y rodeó a Richard con un brazo mientras pestañeaba sensualmente.

—¿Por qué no te vienes a cenar a mi casa, Richard? Estoy segura de que Leigh solo quiere hablar con mamá.

Él miró decididamente a Leigh.

—Gracias, pero tengo otros planes, Vanessa —dijo él soltándose—. Por favor, disculpadme.

Cuando se marchó, ninguna de sus hermanas pudo ocultar la decepción.

De repente, Leigh pensó que Richard se había quedado para mantenerlas juntas. Por ella. Y se las dejaba allí a todas. Como le había prometido. El corazón le dio un salto. ¿O era ese otro movimiento calculado? ¿Para mostrarle que lo que ella había querido de su familia no existía? Aquello ya estaba bastante claro.

En el momento en que la puerta se cerró tras él, Caroline miró a su madre fijamente.

—De verdad, mamá, ¿no podías haber mantenido lejos a Leigh un poco más de tiempo? Richard siempre le ha tenido cariño.

¿Cariño? ¿Habría algo de corazón en su propuesta de matrimonio?

—¿Qué crees que le habría parecido a él si hubiera hecho eso, Caroline? —respondió su madre.

El corazón se le retorció más todavía a Leigh.

—¿Qué quieres decir con eso del cariño?

–preguntó incrédula Felicity.

–Si no hubieras estado tan llena de ti misma, ya te habrías dado cuenta. Richard siempre defendía a Leigh cuando papá la tomaba con ella. Normalmente él te preguntaba algo, lo que probablemente encontrarías halagador, pero él realmente estaba protegiendo a nuestra pobre hermanita.

Leigh se dio cuenta entonces de que aquello era cierto.

–Yo le interesaba a Richard. Siempre le he interesado...

–Oh, no te pongas en plan princesa con nosotras –intervino Vanessa–. Solo era educado contigo. No sentía nada por ti.

Luego miró fijamente a Leigh y añadió:

–¿Y por qué te tenemos hoy aquí aleteando como un cuervo esperando a su presa? ¿Cuál es tu juego, Leigh?

–Un pedazo de la tarta, si lo puede conseguir –dijo Nadine–. ¡Miradla! Probablemente se haya comprado esa ropa en una tienda de segunda mano.

–Ella no puede conseguir nada del testamento –afirmó Caroline–. Podría merecer la pena pagarle para que se marche, mamá. Podría espantarnos la presa.

–¡No seas ridícula, Caroline! –exclamó Vanessa.

–No has logrado que Richard fuera a tu casa, ¿verdad? Pregúntate por qué –respondió Caroline señalando a Leigh–. ¡Estaba pensando en ella!

Las cuatro hermanas miraron a Leigh.

–Realmente, Leigh, no perteneces a esta casa –dijo Felicity.

–Fuiste desheredada.

–No me puedo creer que seas una amenaza, pero preferiría no tenerte por aquí. Cuanto antes vuelvas a desaparecer, mejor.

–No te necesitamos para nada. Vete, Leigh, y quédate donde sea que vivas ahora.

Después de decir eso, Caroline salió del salón, seguida por las demás hermanas. Leigh las vio marcharse. Se sentía demasiado asqueada para levantarse también.

Estaba claro que nadie la quería allí.

El cuco había salido volando y, probablemente para alivio de las demás.

En el silencio que siguió, su madre le preguntó:

–¿Qué es lo que quieres, Leigh?

Ella seguía mirando a la puerta que Felicity había dejado entornada.

Como atontada por todo ello, miró a su madre.

–¿Qué crees que es lo que quiero, madre?

–¿Por qué no me lo dices? –dijo su madre fríamente.

Leigh apartó la mirada. Sabía que su madre estaba esperando que le pidiera una parte de la herencia de Lawrence.

–¿Has pensando algo en mí en estos seis años, madre?

–Naturalmente que he pensado en ti –respondió su madre demasiado dulcemente–. Esperaba que fueras feliz en tu vida.

–¿Te preocupaba?

–Yo respeté tu elección, Leigh. Estaba segura de que te pondrías en contacto con nosotros si lo necesitabas.

–¿Te preguntaste cómo sobreviví sin vuestra ayuda?

–Bueno, estaba claro que lo hiciste. Si no, no estarías aquí ahora.

Leigh la miró de nuevo a la cara.

–No te importaba, ¿verdad? No te interesaba nada de lo que pudiera estar haciendo ni de lo que me pasara.

Su madre suspiró impacientemente.

–Siempre tuviste la opción de volver a casa. Nadie te obligó a no hacerlo.

–Tenía dieciocho años, madre –le recordó Leigh–. Y estaba muy confundida. Me habían desheredado porque tú admitiste que me habías tenido con otro hombre.

Su madre no dijo nada.

–Vosotros me obligasteis a irme, Lawrence

con sus constantes quejas por no tener un hijo... Cuando me marché, ¿creíste que estaba en estado de arreglármelas sola?

—Pero fue tu elección. En ese tiempo yo tenía mis propias batallas en las que luchar.

—Así que no te preocupaste por mí. Yo era, digamos, un problema menos.

—Tú fuiste siempre un problema, Leigh —fue la seca respuesta.

—Era mucho mejor librarse de mí.

—Yo no he dicho eso...

—Supongo que no denunciaríais mi desaparición a la policía.

—¡No seas absurda! Lawrence no lo habría permitido nunca.

—Tal vez contratarais un investigador privado para ver si tenía problemas...

Como había hecho Richard. El único que se había preocupado por ella.

—Me imaginé que nos llamarías si los tuvieras —dijo Alicia impacientemente.

—¿Y si no podía llamar, madre? ¿No te preocupaba eso?

—¡Por Dios, Leigh! ¿A dónde quieres ir a parar con todo esto? Estás aquí, ¿no? Sana y salva.

Leigh pensó que no gracias a ningún miembro de su familia.

—Solo estaba pensando en que, con lo que te

has gastado en el vestido que llevas puesto, podrías haber pagado a un investigador privado para que me echara un vistazo de vez en cuando... Eso si yo te importara un poco.

Alicia entonces decidió ir al grano, a algo de lo que ella entendía mejor que nadie.

–¡Muy bien! Así que crees que te debe una cantidad de dinero en compensación y es por eso por lo que has vuelto ahora que ya no te tienes que enfrentar con Lawrence...

La repulsión de Leigh fue tan fuerte que, por algunos momentos, no pudo decir nada y sintió ganas de vomitar.

–¡Te equivocas, madre! –dijo por fin–. No me puedes pagar para que me vaya... como hiciste con mi padre verdadero. Y yo no voy a desaparecer.

Alicia se puso muy pálida.

–¿Qué sabes tú de eso? ¿Por qué me lo dices?

La sensación de triunfo que tuvo Leigh fue inenarrable. Su voz adquirió de repente el tono peligroso de la de Richard.

–Oh, esto es solo entre tú y yo, madre. En esta familia mantenemos en secreto los escándalos, ¿no?

Alicia trató de componer la figura.

–¿Me estás amenazando, Leigh?

De repente, a Leigh le resultó fácil reír. La

locura de sus esperanzas le pareció graciosa de repente. Allí estaba ella, vista como una amenaza, cuando había ido allí suplicando un poco de afecto.

—En absoluto —dijo divertida—. Hoy he venido aquí para ver cómo me podía llevar contigo y con mis hermanas. Ahora ya lo sé.

Su madre pareció completamente anonadada.

Leigh sonrió y se levantó para marcharse.

—Adiós, madre. Creo que ya no tengo nada más que ver contigo. Ni con tus otras hijas.

—¿A dónde vas, Leigh? —le preguntó su madre suspicazmente.

—A mi hotel.

—¿Qué pretendes hacer?

Entonces se le ocurrió una buena respuesta a Leigh. La respuesta perfecta. Se detuvo y se volvió a medias para ver la cara que ponía su madre, la que siempre había puesto por delante la ambición.

—Pretendo casarme con Richard Seymour.

La cara que puso su madre, como ya había supuesto, fue altamente gratificante.

—¿Qué? —graznó.

Leigh sonrió.

—Él me ha elegido a mí, madre. No a Felicity, ni a Vanessa, ni a Caroline, ni a Nadine. A mí. Y me casaré con él tan pronto como lo podamos organizar todo.

Luego se marchó y, al cerrar la puerta de la mansión, dejó dentro todo lo que significaba.

Capítulo 6

LAS HORAS pasaron rápidamente para Leigh mientras esperaba el momento de ir a cenar con Richard.

Las dudas la seguían embargando acerca de lo que debía hacer.

Pasara lo que pasase, tenía que seguir con aquello. Pero el que accediera a casarse con él, no tenía que significar que le fuera a entregar su cabeza en una bandeja de plata. Nadie más iba a tener el control absoluto de su vida. Sería mejor que Richard lo entendiera, ella tenía condiciones que él iba a tener que respetar si iban a compartir un futuro juntos.

Necesitaba un plan y, poco más o menos, elaboró uno. Tenía prioridades y controlar el imperio financiero no era una de ellas. Tampoco se iba a ver forzada a tener hijo tras hijo hasta que tuviera un varón. Y si Richard empezaba a abusar de los derechos de ella de alguna manera, se separarían inmediatamente.

A pesar de esos razonamientos, cuando él llamó a su puerta, el miedo la atenazaba.

Él no iba de traje y corbata precisamente, pero como iba, con una chaqueta oscura de cuero y pantalones grises, podía ir a cualquier parte y seguía teniendo el mismo aire de distinción y autoridad de siempre. Ella sintió como le ardía la piel cuando él la recorrió con la mirada.

No se había vestido para cenar, ya que no tenía la menor intención de hacerlo con él, ni de hablar con él más que para dejar claro lo que quería. Temía que cualquier otra intimidad con él podría debilitar sus decisiones y era mejor evitarlas.

Acababa de ducharse y llevaba el cabello recogido sobre la cabeza, una bata y el camisón haciendo juego. Estaba lista para irse a la cama, no para estar con él.

—No quiero cenar, Richard, y no quiero sexo —le dijo repentinamente—. Hay algunas cosas que tenemos que dejar claras y se acabó.

Richard asintió y entró en la habitación. Leigh cerró la puerta.

—¿Te has pensado mejor lo de elegirme a mí por esposa? —le preguntó ella.

Richard miró la bolsa de viaje de ella, lista para marcharse al día siguiente. La habitación del hotel era muy sencilla, lo que ella se podía pagar.

–Te quiero a ti, Leigh. A nadie más –respondió él sencillamente.

La miró entonces de tal manera que ella se tuvo que agarrar al picaporte de la puerta.

–No te atrevas a dar un paso hacia mí, Richard –dijo.

Él siguió donde estaba.

–Lo que tú digas.

–Me casaré contigo, pero con condiciones.

Él pareció relajarse.

–Cuéntamelas.

–Tú te ocuparás de organizarlo.

–¿No quieres ser tú la que planee tu boda?

–No me importa, organízala tú mismo.

Lo cierto era que ella se sentía como si ya no tuviera familia y, la gente que había conocido en Broome no eran amigos, solo conocidos.

–Solo déjame fuera de los arreglos hasta el día de la boda –añadió.

–¿Y tu familia?

–No creo que ya tenga familia.

Él no comentó nada, pero su mirada lo dijo todo.

–¿No tienes ninguna preferencia sobre cómo casarnos?

–Tiene que ser algo legal.

–Lo será.

Leigh pensó entonces que, si se respetaban

mutuamente, el matrimonio podía ir bien.

–Tengo que volver a Broome mañana –dijo ella–. No me voy a quedar aquí, Richard. Tengo cosas que hacer si me voy a venir a vivir a Sydney. Ocúpate tú de toda la documentación requerida.

Él asintió.

–Confío en que volverás para la boda.

–El día antes.

–¿Y pretendes ser mi esposa? ¿Vivir conmigo?

–Sí, pero no quiero ser una fábrica de niños para ti.

–Por lo menos un hijo, Leigh.

Ella respiró profundamente y respondió:

–Si tenemos primero una hija y tú respondes mal, te dejaré.

–Cualquier hijo será algo precioso para mí –dijo él sinceramente.

Eso hizo que Leigh recordara que él era otro cuco, otro extraño en su familia.

–Pero tener una hija antes de un hijo prolongará el tiempo en que no tengas todo el control de la empresa –dijo ella.

–No pretendo respetar por mucho tiempo los términos del testamento de Lawrence, Leigh. La empresa será mía de una forma u otra.

La expresión de su rostro la hizo ver lo peligroso y decidido que era ese hombre en realidad.

¿Se habría dado cuenta de ello Lawrence también o Richard se lo habría ocultado? Leigh sospechaba que era lo último. Su decisión de casarse con ella era un flagrante desafío al testamento. Una victoria sobre Lawrence, como él mismo había dicho esa tarde. ¿Qué otras victorias tendría él planeadas?

—Así que casarte conmigo es solo un movimiento de la partida que tienes pensada, ¿no?

Los ojos de él brillaron divertidos.

—Más que un movimiento, Leigh. Un paso que había que dar. También me gusta eso de casarme contigo.

Una sensación de placer le recorrió el cuerpo a ella.

—¿Algo personal además de comercial?

Él sonrió.

—A muchos niveles, muy personal. Tu pasión siempre me ha llamado la atención.

—¿Pasión? —preguntó ella tratando de encajar el sentido de esa palabra con la adolescente que él había conocido.

—Tú radiabas intensidad, Leigh. Siempre lo has hecho. Y espero que siempre lo harás. Tal vez sea cosa de tu herencia italiana.

Aquello era un pensamiento nuevo y Leigh se preguntó inmediatamente cuánto se parecería ella a su padre verdadero. Aparte del temperamento, que suponía que debía ser algo genético, estaba la parte creativa de su naturaleza. Los jardineros suelen ser gente creativa. Pensó entonces en su empresa de cerámica de Broome, que no era exactamente lucrativa, pero a ella le encantaba trabajar con la arcilla, con las formas y colores...

–¿Alguna otra condición? –preguntó él.

–Sí. Una más. Quiero seguir con mi cerámica. Ya debes de saber de mi trabajo, por la forma en que me has investigado.

Él asintió.

–Cuando seas mi esposa, nos iremos a vivir a un sitio que nos venga bien a los dos. Tú podrás tener tu taller y lo que quieras, Leigh. No tengo ninguna objeción a que desarrolles tu arte durante el día... Pero las noches son mías. Quiero que entiendas eso, Leigh. Las noches son mías.

Leigh se sintió temblar y no supo si de miedo o de anticipación.

Richard se acercó entonces a ella, no la tocó, pero se quedó muy cerca. Ella no podía apartar la mirada de los brillantes ojos de él.

–¿Estamos de acuerdo? –preguntó Richard.

–Sí...

–No me suelo tomar muy bien el que me hagan hacer el tonto, Leigh. Desde el mismo momento en que abandone esta habitación, actuaré de acuerdo con la palabra que me has dado esta noche. Tu palabra te obliga. No quiero que luego me digas que te lo has pensado mejor ni nada parecido. El compromiso es total. ¿Entendido?

Ella pensó por un momento en lo serio de la frase, del compromiso.

—Estamos de acuerdo —dijo por fin.

Él sonrió entonces.

—¿Es permisible un beso para sellar el acuerdo, o sigue en funcionamiento esa orden de que no te toque?

Un beso... ¿Por qué no? Solo para asegurarse de que le gustaba. Una prueba de lo que estaba por llegar.

Leigh se dio cuenta de que seguía agarrada al picaporte y lo soltó. Luego levantó las dos manos y se las puso a él en los hombros.

Richard no esperó más. La apretó entre sus brazos y la besó. Ese beso no fue nada de cariñoso o seductor. Fue algo explosivo y profundamente satisfactorio. Ella sintió como el deseo se inflamaba en su interior.

Era una poderosa promesa del placer que compartiría con él y, cuando Richard se apartó, ella se sintió mareada. Él le acarició los labios...

—Esperaré ansioso a nuestra noche de bodas —murmuró él mirándola a los ojos.

Cuando se marchó, Leigh se quedó un momento mirando a la puerta, pensando en su compromiso. En ese compromiso del que no se iba a echar atrás. Él podía ser un hombre peligroso de muchas maneras, pero nunca la traicionaría. Para ella no había otro hombre. Nunca lo habría. Richard Seymour poseía una parte de su alma que nadie más podía poseer.

Capítulo 7

LEIGH se sentó sobre una roca, observando su última puesta de sol en Cable Beach. O tal vez no fuera la última. ¿Quién sabía lo que le podía deparar el futuro? Al día siguiente volaría a Sydney y al siguiente se casaría con Richard y empezaría otra vida, muy diferente de la que llevaba hasta entonces.

Lo había dejado todo arreglado y ya estaba todo empaquetado y listo para que se lo enviaran en cuanto tuviera un domicilio fijo. Los pocos amigos que tenía le habían hecho una fiesta de despedida y ya había cortado todas sus ataduras con el lugar.

Todo en el paisaje denotaba la calma del lugar, nada de prisas...

Habían pasado seis semanas desde la noche en que le dio su palabra a Richard y, a la mañana siguiente, en el aeropuerto, él le había enviado a un joyero para que le tomara la medida del dedo para el anillo. Luego había mandado a gente a Broome para que ella firmara lo que tuvo que firmar, unos documentos sin significado para ella. No iba a por su dinero. También había ido el joyero, llevándole un anillo de compromiso con un magnífico solitario que debía haber costado una fortuna. Se lo pondría al día siguiente.

Él la estaba esperando.

El vuelo había llegado a su hora, las doce y cuarto del mediodía. Leigh se había esperado que él enviara a alguien a recogerla, pero se sorprendió al ver que había ido en persona y la estaba esperando al pie de las escaleras mecánicas. Los dos se miraron intensamente.

Aquel era el principio de su futuro juntos...

—¡Hola! —dijo ella sonriendo levemente.

—Hola —respondió él—. Me alegro de que estés de vuelta a salvo.

Ella asintió.

—Gracias por haber hecho un hueco en tu apretada agenda para venir a recogerme en persona.

Él se rio encantado, tomó su mano y se dirigieron a la salida de equipajes.

—Sería muy torpe por mi parte no venir a recoger a mi carta de triunfo, Leigh.

—Así que me sigues necesitando —bromeó ella.

–Necesitándote y deseándote.

–Creía que solo eran las noches lo que querías de mí.

–Ah, eso era lo mínimo. No quise que fuera una limitación.

–¿Y si yo no quiero más de ti?

Richard se encogió de hombros.

–Entonces, dilo.

–¿Y lo respetarías?

–Por supuesto. Nuestro matrimonio ha de estar basado en acuerdos mutuos, Leigh.

Esas palabras hicieron que a ella se le hiciera un nudo en la garganta. Richard no era un tirano como Lawrence Durant. No había tratado ni una sola vez de pasarse de la raya que ella le había trazado. No tenía ninguna razón para no confiar en su palabra.

Dándose cuenta de que él la estaba llevando hacia la salida, le dijo:

–He de recoger mi equipaje, Richard.

–Lo recogerán y lo enviarán al hotel. Te he reservado habitación en el Regent. Ahora te llevaré allí.

Leigh no protestó, se daba cuenta de que esperar a recoger el equipaje sería una pérdida de tiempo para él. La había ido a recoger a ella. Posiblemente ella se podría tomar esa cortesía innecesaria como un cumplido. Ciertamente indicaba una nota de cuidado personal más allá de un beneficio calculado. Aquello la animó también.

Una vez fuera, se acercó a ellos una limusina, Richard le abrió la puerta y luego se sentó a su lado en el lujoso interior.

Ya de camino a la ciudad, le dijo Leigh:

–Muy oportuna.

–El conductor estaba dando vueltas. Lo he llamado yo.

Ella recordó que, cuando lo vio, él estaba hablando por su teléfono móvil.

–¿Dejas alguna cosa al azar alguna vez, Richard?

–Siempre te puede sorprender el azar. Tu vuelo podía haberse estrellado. La limusina podía haber quedado bloqueada por el tráfico. Nadie lo puede controlar todo, Leigh.

–Solo lo que es humanamente posible –bromeó ella.

–Incluso el factor humano puede ser impredecible –dijo él acariciándole la mano en que ella levaba el diamante–. No sabía lo que te gustaría. Me pregunté si no preferirías otra piedra en vez de un diamante.

–Podrías habérmelo preguntado –murmuró ella.

–Me dejaste muy claro que no querías tener nada que ver con los preparativos. Ahora es un poco tarde ya para cambiar de opinión sobre eso, Leigh.

–Y no estoy cambiando de opinión. La verdad es que un anillo de compromiso no me importa nada. Si a ti te ha gustado el diamante, por mí está bien.

–Entonces confío en que no te vayan a importar de repente el resto de los preparativos que he hecho –dijo él pareciendo tenso de repente.

–Ya te he dicho que me adaptaré a lo que sea.

–Gracias por ello –dijo él sonriendo aliviado.

Leigh pensó que había ganado una batalla. ¿Pero cuál? Respiró profundamente y le preguntó:

–¿Cuál es el plan para mañana?

–La directora de la boda, Anne Lester se va a reunir con nosotros en el hotel. Ella te informará de todo.

–¿Una directora de boda?

–No es algo en que yo sea un experto, así que he contratado a una especialista.

–¿Quieres decir que vamos a tener una boda de verdad?

Él asintió.

–Con doscientos invitados.

¡Cielo santo! Él pretendía mostrar su matrimonio delante de todo el mundo. Aquello no iba a ser un acuerdo privado entre ellos. Iba a ser un acto público de unión de las familias Seymour y Durant. ¿Pero con qué propósito?

Seguramente todo eso era innecesario.

—¿Por qué? —preguntó ella.

—Porque así es como lo quiero yo.

Leigh respiró profundamente. No se podía discutir a eso, ella le había dado carta blanca y él se lo había tomado al pie de la letra.

—Tendré que comprarme un vestido de boda —dijo débilmente.

—Te he elegido uno yo.

—¿Tú...?

—Le dije a Anne el estilo de vestido que quería para ti y ella me ofreció una selección de la cual yo elegí uno.

—¿Y si no me sienta bien?

—Creo que esta tarde tienes cita para probártelo. Eso dará tiempo para los posibles cambios. La boda será mañana a las cuatro de la tarde.

—En una iglesia...

—En la catedral de St. Andrew.

—¿Y la recepción?

—En la sala de baile del Regent.

¡Todo de lo mejor! Estaba claro que Richard quería que aquella fuera la boda del año en Australia.

—¿No le habrás pedido a mis hermanas que hagan de damas de honor?

–No, irás sola hacia mí por el pasillo.

Ella suspiró aliviada.

–Pero han aceptado las invitaciones, así que estarán allí como nuestras invitadas –añadió él.

Leigh pensó entonces en la hipocresía de su familia al ir a una boda que nunca querrían que se celebrara. La verdad era que no quería que fueran. La sensación de venganza que podría tener si la vieran casarse con Richard se le había pasado en esas seis semanas, ya que sus pensamientos estaban más centrados en su futuro que en su madre y hermanas.

Se dio cuenta de que ellas ya no contaban para nada en su vida. En ese sentido, suponía que no importaba nada que estuvieran allí o no. Y había una cierta ironía que estuvieran tan atrapadas en sus propios valores como para ir a su boda sin poder evitarlo.

De alguna forma, aquello era justicia, una especie de ojo por ojo. Aún así, Leigh bien podría haberse pasado sin la clase de ceremonia que había planeado Richard.

Lo miró.

¿Habría pensado él que esa clase de escenario podría darle a ella una medida apropiada de la muy necesitada satisfacción por las injusticias por las que había pasado?

–¿Por qué las has invitado? –le preguntó.

–Por muchas razones. Pero sobre todo, porque quiero que ellas te vean como te veo yo.

Eso la sorprendió tanto que le preguntó:

—¿Y cómo me ves tú a mí?

Los ojos de él brillaron triunfantemente.

—Como mi novia, mi consorte, mi reina... y hay que darte un homenaje.

Eso lo dijo lleno de orgullo y luego le preguntó a su vez.

—¿Cómo me ves tú a mí?

¿De verdad que le importaba?

—Como un cazador.

Él se quedó pensativo un momento y luego le dijo:

—No te sientes atrapada, ¿verdad, Leigh?

—No. Sé que me puedo ir si quiero. No hay forma de que tú me puedas atrapar, Richard.

—¿Entonces por qué lo de un cazador?

—Yo no soy tu meta final —respondió ella—. No sé cuál es, pero la estas cazando y, diría que llevas mucho, mucho tiempo, cazándola.

—Otra gente podría decir que simplemente era ambicioso.

Había más que ambición, pensó Leigh. Lo había visto en su mirada muchas veces, aunque no sabía lo que era con exactitud.

—Me has preguntado cómo te veo —dijo ella encogiéndose de hombros.

—Lo he hecho. Y tu respuesta ha sido... impredecible. Me pregunto cuántas más sorpresas tienes para mí, Leigh.

—Tal vez las suficientes como para que dejes de tomarte nuestro matrimonio como algo garantizado.

Él se rio y la besó en la mano.

—Una esposa con la que hay que andarse con cuidado —dijo—. Una perspectiva fascinante.

Entonces llegaron a la entrada del hotel y la limusina se detuvo delante de la puerta, el portero les abrió la puerta y Richard salió para ayudarla a ella a continuación. El portero los saludó y los condujo luego a donde los estaba esperando la señorita Lester.

Era una rubia muy esbelta vestida de rojo que se levantó del sillón donde estaba sentada nada más verlos.

Richard las presentó, a Leigh como su futura esposa.

—Así que ya está aquí por fin —dijo Anne Lester—. Espero que encuentre todo de su gusto.

—Estoy segura de que ha hecho un trabajo magnífico —respondió Leigh—. Me alegro de que alguien se haya ocupado de todo.

—Ha sido un encargo muy poco habitual, ya que la novia no ha intervenido para nada.

—Oh, estoy segura de que el novio me ha sustituido bien —afirmó Leigh sonriendo a Richard.

Richard le pasó un brazo por los hombros y

le devolvió la sonrisa.

–Ahora te dejaré en manos de Anne, ¿de acuerdo? Ya te llamaré esta noche.

–De acuerdo.

La miró entonces a los labios y ella se dio cuanta de que se sentía tentado de besarla, pero no lo hizo.

–Mañana –murmuró él y se marchó.

Lo vio alejarse y el portero le abrió la puerta.

–Ciertamente, ha conseguido usted todo un hombre, señorita Durant –dijo Anne.

Leigh la miró y sonrió irónicamente.

–Yo no lo he conseguido. Todo esto ha sido idea suya. Yo me he limitado a decir que sí.

–Pero seguramente usted lo quiere... Perdone, no he querido meterme en asuntos personales...

Leigh no pudo evitar echarse a reír. Realmente aquella era una situación de lo más absurda... El Príncipe y el Patito Feo. De todas formas, era evidente que no era necesario que se sintiera intimidada por Anne Lester o por cualquier otro. La etiqueta de ser la novia de Richard Seymour imponía respeto automáticamente.

–Bueno, empecemos con el proceso de transformarme en un cisne para él. ¿Subimos a mi suite?

–Sí. Yo... uh, tengo la llave. Por aquí se va a los ascensores.

Estaba claro que esa chica estaba claramente extrañada por la situación y no quería hacer ninguna tontería.

–No se preocupe. Ya sé que la mayoría de las mujeres podrían considerar una buena presa a Richard. Y yo lo quiero. Pero sobre todo porque él me quiere a mí.

–¡Ah! Bueno, nunca antes había visto a un novio tan ansioso por tenerlo todo bien para su esposa. Espero que lo apruebe usted, señorita Durant.

–Lo único necesario es que lo apruebe Richard. Es él el que paga.

–Sí. Sí, por supuesto...

Capítulo 8

SU REINA...
Leigh miró su reflejo en el espejo sin apenas creerse lo que estaba viendo. ¿Se la habría imaginado Richard así cuando le eligió el vestido de novia?

Era de un estilo medieval, con un body damasquinado y las mangas eran largas, ahuecándose en los codos, bordadas de oro. La falda de crepe le llegaba hasta medio muslo apretándose a su figura para luego caer desde allí en graciosos pliegues hasta el suelo y, por la espalda, una gran cola también bordada en oro.

Al cuello llevaba una sencilla cadena de oro con un enorme diamante colgando de ella. También los llevaba en los pendientes y el anillo. Para terminar, en la cabeza llevaba una tiara dorada que le sujetaba el velo.

Todo un espectáculo.

Anne le pasó el ramo de flores.

–¿Las ha elegido Richard también? –preguntó Leigh.

–Sí. Ha sido él quien insistió en las rosas.

Su primer beso en el jardín de rosas... ¿Lo habría recordado?

–Pegan con el vestido.

–Sí –admitió Leigh.

El teléfono sonó entonces y fue Anne la que contestó. Luego se volvió a Leigh y le dijo:

–El coche ha llegado ya y ya es hora de que nos marchemos. ¿Estás lista?

Leigh respiró profundamente y dijo:

–Lo estoy.

–Estás absolutamente impresionante, Leigh –le dijo Anne–. No creo haber visto nunca a un cisne más hermoso.

Eso la hizo reír.

–Mira lo que puede hacer una experta. Gracias por todo tu trabajo y cuidados, Anne.

–Ha sido un placer. Eres una novia modelo. No te has quejado de nada y ni siquiera te has mostrado nerviosa.

–Probablemente, los nervios me empiecen en la iglesia. De hecho, es mejor que echemos a andar este espectáculo antes de que empiece a temblar aquí mismo.

El coche era otra limusina, pero blanca y decorada con cintas doradas y blancas. Todos los detalles estaban previstos, cosa que le encantó.

El conductor las dejó en la catedral exactamente a las cuatro en punto. Anne insistió en que Leigh esperara en el coche hasta que todos los invitados estuvieran instalados en sus sitios.

Cuando salieron del coche, lo hizo cuidadosamente ayudada por Anne, para que no se le estropeara el vestido.

Cuando llegaron al interior de la catedral, empezó a sonar un órgano y un coro de niños empezó a cantar, pero Leigh casi ni lo oyó.

Terminó el himno y Anne se puso delante de ella, terminando de arreglarla.

–Perfecta –le dijo sonriendo–. Espera aquí a los primeros compases de la marcha nupcial y luego camina despacio por la línea central del pasillo. Céntrate en Richard. Si miras a cualquier otro te desequilibrarás. ¿De acuerdo?

–Sí –susurró ella con la boca seca.

Deseó tener un padre que la llevara del brazo. Era desagradable estar sola sin nadie en quien apoyarse.

–¡Adelante! –susurró Anne cuando empezó la marcha nupcial.

Empezó a acercarse a él como en sueños. En un momento dado, él la miró y sonrió y esa sonrisa se lo puso todo más fácil. Era como un faro conduciéndola a la seguridad. Richard la cuidaría. Lo único que tenía que hacer era alcanzarlo. Le devolvió la sonrisa y siguió caminando dignamente, deseando que él se sintiera orgulloso de su esposa.

Pasó por entre la gente como en una nube y, solo al final, su atención se vio atrapada por dos mujeres a ambos lados del pasillo.

La de la izquierda era su madre, la de la derecha... ¿Era la de Richard?

Las dos la estaban mirando y eso hizo que el corazón le latiera más rápidamente.

Se dijo a sí misma que no debía dejar que eso la afectara ahora. Que las madres de los hijos bastardos que se estaban casando ese día fueran testigos de todo eso. Unas madres que habían dejado que las consecuencias de sus propios pecados recayeran sobre los hijos que nacieron de ellos.

Entonces Richard la tomó la mano. Ella estaba sujetando tan fuertemente el ramo de flores que tardó un momento en abrir los dedos.

Richard la había llamado por teléfono la noche anterior para ver si había algún problema, pero no habían estado juntos desde que le presentó a Anne. Desde entonces, esa boda había sido para ella como una especie de fantasía, pero su contacto físico la devolvió a la realidad.

¡Él la estaba llevando al matrimonio!

De repente no lo pudo mirar a los ojos. Su corazón ansiaba amor y ella sabía que no lo vería allí. Aquello era un espectáculo. Sería un triunfo para Richard. Lo debería ser también para ella. No debería deprimirse. Él era el hombre hecho para ella.

El cura, un hombre alto y canoso, vestido para la ocasión, se adelantó para efectuar la ceremonia.

—Nos hayamos reunidos hoy aquí...

Leigh hizo lo que pudo para concentrarse en las palabras, conteniendo el pánico. No pudo evitar que le temblara la voz cuando repitió los votos del matrimonio. Richard los pronunció tan tranquilo.

Leigh cerró los ojos y deseó que esos votos fueran ciertos. El amor no era parte de su acuerdo, pero tal vez pudiera crecer entre ellos.

Oyó al cura preguntar si alguien tenía alguna razón para que no se pudieran casar y a ella se le cortó la respiración. ¿Se levantaría alguna de sus hermanas para anunciar que ella no era hija verdadera de Lawrence Durant?

Nadie dijo nada.

Volvió a respirar. Por supuesto, Richard no se habría arriesgado a que sucediera algo así en ese momento de esplendor. De cualquier manera, él habría cubierto las contingencias. Nada podía detener al cazador.

Le puso un anillo de oro en el dedo. Ella no tenía uno para él, cosa que resultaba irrelevante. Los cazadores no necesitan llevar anillos. Los usaban para conseguir lo que querían.

–Ahora os declaro marido y mujer.

El órgano empezó a sonar de nuevo y el cura les sonrió.

–Puede besar a la novia –dijo.

El coro de niños empezó a cantar un himno.

Richard le rodeó la cintura con un brazo y a ella le entraron los nervios. Aquello ya estaba hecho, para bien o para mal. No tenía ni idea de a dónde los llevarían ahora sus actos y, de repente, sintió miedo.

–Mírame, Leigh –murmuró Richard.

Tenía que hacerlo.

Afrontar la verdad era mejor que temerla.

Levantó la mirada esperando encontrarse con una de victoria y posesión. Pero no fue así. En los ojos de él se veía un dulce cariño, como si la hubiera aceptado bajo sus alas. Y el corazón se le llenó de profundo agradecimiento al saber que él pretendía cuidar de ella de todas las formas posibles.

Richard inclinó la cabeza y le rozó suavemente los labios con los suyos. Para ella fue como saborear el cielo... en el día de su boda.

Capítulo 9

LA SESIÓN de fotografía fue intensa y estuvo mezclada con una pequeña conferencia de prensa.

Leigh se sintió sorprendida y agradada por las respuestas que dio Richard, negando virtualmente que el matrimonio tuviera algo que ver con los negocios y haciéndolo ver como un asunto altamente romántico entre ellos.

–Leigh eligió tener una vida propia, lejos de la familia Durant, pero yo nunca perdí el contacto con ella –dijo–. En mi mente fue siempre la mujer con la que me casaría. Solo era cuestión de esperar a que ella estuviera preparada. La conocí cuando tenía quince años. Entonces ella era especial y lo es más todavía ahora.

Eso lo dijo sonriendo tan convincentemente que ella misma podría pensar que era cierto. Casi se lo creyó.

–Nunca ha habido nadie para mí, salvo Richard –dijo ella–. Me marché de casa porque necesitaba encontrarme a mí misma como persona. Richard es tan fuerte... Yo quería que él respetara mi elección. Este es definitivamente, el día más feliz de mi vida.

Richard añadió entonces a esas palabras:

—Leigh y yo nos pertenecemos el uno al otro. Es así de sencillo.

Una pareja amorosa.

Leigh estaba tan animada por esa historia que no se sintió nada nerviosa cuando pasó con Richard a la sala de baile.

Allí saludaron a todos los invitados. Ella se dio cuenta entonces de que era como si a él le importaran solo los que tenían que ver con sus negocios.

Sus familias estaban al fondo. Leigh no supo si a propósito o lo que fuera. Su humor relajado y feliz se enfrió un poco cuando Richard le presentó a su madre, que no iba acompañada de ningún marido. Iba vestida de verde y se parecía mucho a su hijo, aunque sus ojos eran castaño oscuro, no azules.

—Maravillosamente ejecutado, como siempre, Richard —dijo la mujer sonriendo sarcásticamente.

—Gracias. Mi esposa, Leigh... Mi madre, Clare Seymour.

—Encantada de conocerla, señor Seymour —dijo ella sonriendo.

La mujer la miró de arriba abajo. Estaba claro que parecía preguntarse si Richard sabía con quién se había casado.

–Richard lleva ya bastante tiempo caminando solo –dijo su madre–. Admiro tu valor por casarte con él.

–Oh, Richard siempre ha sido muy amable conmigo. Eso me ha puesto muy fácil ser valiente.

–¿Amable?

La mujer miró a su hijo como si esa palabra fuera completamente desconocida para él. Luego sonrió forzadamente y murmuró a Leigh:

–Buena suerte, querida.

Y con eso se apartó.

Estaba muy claro que esa mujer no creía en el amor.

Richard le presentó entonces a sus dos hermanos mayores y sus esposas. Eso le indicó a ella que él también había sido el más joven de la familia. Los parabienes de ambos parecieron también un poco forzados. Se preguntó si no estarían celosos. Eran más bajos que Richard, más robustos y de ojos castaños. Debían parecerse a su padre, fuera quien fuese el padre. Los seguían dos chicas adolescentes, las sobrinas de Richard, que estaban entusiasmadas con la boda y le agradecieron mucho a su tío el que las hubiera invitado.

Ese fue un momento agradable que se vio rápidamente eclipsado por la aparición de las hermanas de Leigh. Nadine aprovechó la ocasión para darle a Richard un beso de cuñada mientras Leigh se enfrentaba a Caroline, la hermana con la lengua más afilada.

—Me alegro de que hayáis venido, Caroline —dijo.

—Teníamos que hacerlo, ¿no?

—No. Era cosa vuestra por completo.

—Despierta, Leigh, teníamos que hacerlo.

Entonces intervino Nadine.

—Bueno, habéis logrado enorgullecernos hoy. Todo un toque de clase, hermanita —dijo envidiosamente.

—Gracias, Nadine.

—¡Sorprendente! ¡Verdaderamente sorprendente! —dijo Vanessa.

—¿Un cisne? —preguntó Leigh sin poder resistirse.

Felicity, tan elegante como siempre, dijo:

—Espero que puedas mantener este nivel. Leigh. Richard lo esperará de ti.

—Trataré de no decepcionarlo.

Finalmente vino el enfrentamiento con su madre. A pesar de todo, a Leigh se le retorció el corazón con una cierta esperanza cuando Alicia Durant la miró con lo que parecía una evidente admiración.

–La última vuelta –dijo–. No te lo vas a creer, Leigh, pero encuentro esto deliciosamente dulce.

De repente e inesperadamente, le acarició la mejilla y añadió:

–Después de todo, no naciste para nada.

Eso sorprendió demasiado a Leigh como para responder algo. Ella había nacido para ser el hijo de Lawrence. Ahora era la esposa del hijo sustituto de Lawrence. ¿Es que el fallo ahora parecía un éxito?

Alicia apartó la mano y sonrió.

–Mi hija. Me gustaría que Lawrence estuviera aquí para verlo. Eres un triunfo, Leigh. Espero que lo juegues bien... Mucho mejor de lo que lo jugué yo.

¿Era eso una aprobación? ¿Después de todos esos años? ¿O habría otro sentimiento detrás de esas palabras?

Alicia se alejó antes de que Leigh pudiera aclarar su confusión.

–¿Estás bien, Leigh?

Miró sorprendida a Richard.

–Lo estoy. Ha sido una comparación interesante. Tu familia y la mía.

–¿Ha sido un problema para ti?

–¿Los has obligado tú a venir?

Él agitó la cabeza.

–¿Los has presionado?

Él sonrió sarcásticamente.

–Una manada de caballos salvajes no les habría impedido venir. Créeme que no los he presionado nada.

La banda empezó a tocar una canción llamada *Por fin he encontrado a alguien*.

–¿Has elegido tú esta canción? –le preguntó ella.

Richard sonrió de nuevo.

–Por supuesto. Lo he elegido todo. Pero sobre todo a ti, Leigh.

El corazón le dio un salto. Él le estaba dando todo el romance que ella hubiera querido y, si Richard no lo sentía en su corazón, ciertamente estaba actuando maravillosamente para ella. ¿O era una cuestión de orgullo para él? No lo podía saber y, en ese momento, no le importaba. Lo amaba por hacer de ella su reina.

La recepción y el baile fue un completo éxito y el champán francés fluyó a raudales. Leigh estaba tan encantada que hasta se había olvidado de las palabras de Caroline hasta que se cruzó de nuevo con su hermana en el tocador de señoras.

–Caroline, espera un momento –dijo tomándola del brazo.

–La novia manda.

–No seas así. Solo quiero saber qué querías

decir cuando has sugerido que Richard te obligó a estar aquí.

Caroline hizo girar los ojos.

–Vamos, Leigh, ya sabes cómo es esto.

–Por favor, dímelo.

–Él es el único beneficiario del testamento. Puede hacer lo que quiera. Y mientras tanto, bailamos a su son. El tuyo también ahora, me imagino.

–¡No! Yo nunca actuaré como Lawrence.

–Bueno, ¡bien por ti! Pero eso no cambia nada, ¿verdad? Richard tiene todo el poder y tira de las cuerdas.

–¿Ha dicho él que vaya a quedarse con todo?

Caroline se encogió de hombros.

–Es el hombre de papá.

–No, Caroline. Él es su propio hombre –afirmó Leigh muy convencida.

Si no fuera así, no se habría casado con ella.

–Están hechos del mismo molde.

¿Era eso cierto? Leigh deseó negarlo. Richard le había afirmado categóricamente que no había obligado a nadie a asistir a la boda.

–No sé nada del testamento, pero hablaré con Richard de vuestra herencia. Tal vez os pueda hacer un adelanto.

–¿A qué precio? –dijo su hermana amargamente.

Eso hizo ver a Leigh inmediatamente lo profundas que eran las cicatrices de la influencia de Lawrence en sus vidas. Le apretó cariñosamente el brazo a su hermana.

—A ningún precio, Caroline. Te lo juro. Se acabó. Se acabó todo por lo que hemos pasado. Ahora puedes tomar tus propias decisiones sin temor. Nadie te va a detener ni a ti ni a mí, ni Richard ni nadie. Ahora eres libre.

Los ojos de su hermana se llenaron de confusión.

—No lo entiendo. ¿Por qué te has casado con Richard?

—Porque lo amo.

—¿Que lo amas?

Caroline la miró como si no entendiera nada y la misma Leigh se vio sorprendida por lo que acababa de decir. ¿es que la fantasía de la boda se había vuelto real para ella?

—Me gustaría que fuéramos hermanas de verdad, Caroline —dijo—. Que no nos peleáramos. ¿Podríamos intentarlo?

—Eres tonta, Leigh. Richard es un tiburón. Está claro que te ha elegido a ti porque te puede manejar, nadie se mete en su camino.

—¡Eso no es cierto!

—¡Ciega estupidez! —exclamó su hermana mirándola a los ojos—. Es mejor que aprendas el juego o volverás a perder. ¡Amor! ¡Cielo santo! ¡Vaya una broma!

Luego se alejó dirigiéndose de nuevo a la sala de baile. Leigh la vio alejarse sintiendo miedo de repente. ¿Podría confiar de corazón en Richard?

Se había casado con él.

Él era su marido, pero no su guardián.

Ella seguía teniendo opciones. Siempre las había tenido. Solo era cuestión de tener la voluntad de ejercerlas. Ahora era su esposa porque había elegido serlo e iba a hacer lo que estuviera en su mano para que el matrimonio funcionara por el bien de los dos. Estaba mal dejar que el cínico punto de vista de Caroline afectara a lo que había entre ellos. Richard se había ganado su confianza, ¿no?

Hasta ese momento, dijo una voz en su interior.

Pero tenía que darle el beneficio de la duda hasta que algo le demostrara lo contrario.

Con ese pensamiento en la mente volvió a la sala de baile.

Capítulo 10

A PESAR de sus razonamientos, Leigh se sintió casi con ganas de vomitar por los nervios cuando entró en la suite del hotel precediendo a Richard.

La habitación tenía encendidas algunas lámparas, dándole una iluminación suave e íntima. En un cubo con hielo había otra botella de champán y, sobre la mesa, dos copas y una fuente de fresas.

—¿Es que no hemos terminado las celebraciones? —preguntó ella.

—Acaban de empezar —respondió él sensualmente—. He pensado que podíamos necesitar un refresco de vez en cuando.

Richard ya se había quitado la chaqueta y la camisa y ella estaba cada vez más nerviosa, lo que era una tontería por su parte. Ya no era virgen. Él ya le había hecho el amor antes y ella lo había deseado. Todavía lo deseaba. ¿Por qué iba a ser diferente esa noche?

–Puedes soltarte el pelo, Leigh –añadió él–. De hecho, te voy a ayudar. Esa tiara debe ser difícil de quitar.

Entonces se acercó y empezó a quitársela. Cuando lo hizo, dejó la tiara y el velo sobre un sofá y luego empezó con las horquillas.

–Lo has llevado todo magníficamente –murmuró él.

–¿Temías que te fuera a fallar?

–No. Ni siquiera Lawrence pudo acabar con tu espíritu. ¿Por qué me iba a preocupar que alguien lo pudiera hacer? Eres una superviviente. Como yo.

¿Lo era? Mientras se lo pensaba, él le puso una mano bajo la barbilla y sus miradas se encontraron. La de él demostraba claramente su deseo, más que el ansia de poseerla.

–¿Es este el día más feliz de tu vida, Leigh? –le preguntó él suavemente.

El miedo de darle demasiado poder sobre ella le atenazó el corazón.

–¿Soy tan especial para ti?

–Sí.

–Entonces, mi respuesta es sí también.

–No quise que sintieras que te habías perdido una boda apropiada. No te vas a perder nada más, Leigh. Ninguno de los dos.

Ella nunca lo había tenido por un perdedor. Su boca cubrió la de ella antes de que pudiera decir nada más y, ciertamente, él no besaba como un perdedor. Ese beso hizo que ella dejara de pensar coherentemente y la devolvió a la casa de verano mientras disfrutaba de la pasión que él encendía y que no quería que parara.

Apenas fue consciente de que él le quitara el body del vestido de novia. Solo se dio cuenta cuando él apartó la boca y le dijo que le dejara quitárselo.

Lo hizo y lo dejó caer al suelo. Como con ese body ella no necesitaba sujetador, sus senos quedaron libres y desnudos delante de Richard.

Aún mareada por el deseo, ella se limitó a quedarse muy quieta mientras él la recorría con la mirada. Sintió como sus pezones se endurecían. ¿Le gustaría a él lo que estaba viendo? La incertidumbre se apoderó de ella. En la casa de verano habían estado semidesnudos y, en el calor del momento, no creía que se hubiera fijado mucho en ella. Pero ahora estaba comprometida a vivir con él, noche tras noche...

Él agitó la cabeza levemente. ¿Qué significaría eso? Luego sonrió sensualmente. La miró a los ojos y, para alivio de ella, su mirada reflejaba una intensa admiración. Aún era deseable para él.

—Llevo seis semanas imaginándote así —dijo él—. Unos senos lujurioso, femeninos, incluso más hermosos de lo que me había imaginado.

–Tú también eres hermoso, dijo ella devorando su torso desnudo con los ojos.

Él se rio.

–Quítate la falda, Leigh. Quiero verte entera.

Ella lo hizo automáticamente mientras él se desnudaba del todo también. Era tan agresivamente masculino... con ese vientre plano en el que destacaba esa parte de él que ella ya había sentido dentro, pero que no había visto hasta entonces. Su evidente excitación le indicaba que su deseo era muy real e intensamente físico.

A pesar de la distracción que representaba verlo completamente desnudo, Leigh se las había arreglado para quitarle la falda y los zapatos. Estaba ocupada tratando de quitarse el liguero, cuando Richard le dijo:

–¡Déjalo! Estás increíblemente erótica así.

–Pero...

–Te lo quitaré yo –dijo él acercándose.

Luego la abrazó fuertemente.

–Eres todo lo que una mujer debe ser –dijo él lleno de placer y la volvió a besar fuertemente.

La dureza de él le presionó el vientre. Buscándole un sitio mejor, ella se puso de puntillas y se frotó provocativamente contra él y devolviéndole el fiero beso con toda su alma.

Las manos de Richard le recorrieron impacientes todo el cuerpo hasta llegar a la redondez de su trasero. Entonces, para la intensa satisfacción de ella, se lo abarcó y la levantó, llevándosela con él a la cama, donde la depositó. Luego se tumbó sobre ella y le besó los senos mientras le desabrochaba el liguero.

Fue un shock cuando se apartó de ella y, desde el pie de la cama, le quitó las medias, primero la de una pierna y luego la de la otra.

Leigh contuvo la respiración cuando él la dejó completamente desnuda, como él mismo. La hizo abrir las piernas y los dedos le rozaron levemente la piel. Luego, para sorpresa de ella, bajó la cabeza y la introdujo entre sus piernas para besarla...

Ella casi retrocedió y le agarró el cabello para apartarlo, pero cuando todo su cuerpo fue recorrido por un placer increíble, dejó de hacerlo e hizo que él apretara más la boca contra ella.

Un momento después, o eso le pareció, él se levantó sobre ella y la llenó con una gloriosa solidez, haciendo que se le saltaran unas lágrimas de agradecimiento.

—Sí —gimió—. Sí...

—Sí —repitió él—. Mi esposa...

«Mi marido», pensó ella.

Entonces empezaron a moverse rítmicamente, juntos. Para Leigh hubo muchos picos de placer intenso, tantos que su cuerpo pareció ir de uno a otro como en un mar de éxtasis y ya no le importó el que fuera Richard el que tuviera el control, dándole a ella esa increíble experiencia.

Él era maravilloso, tan generoso, haciéndola sentirse como si ella fuera todo lo que quería en una mujer, en su esposa.

En un momento dado, a ella se le ocurrió que no estaba haciendo realmente nada por él, solo estaba disfrutando de lo que Richard le estaba haciendo. Le acarició los músculos de los hombros y luego los pasó por sus pezones para ir bajando hasta su estómago.

La forma en que él tomó aire lo hizo mirarlo. La estaba mirando a su vez salvajemente y, de repente, su cuerpo recuperó energías y ella sintió la tensión que lo embargaba.

Leigh lo hizo entonces aumentar el ritmo con las piernas, más aprisa, más fieramente, arañándole la espalda hasta que a Richard se le escapó un gemido gutural y se reunió con ella en la satisfacción, dejándose llevar ambos por las olas de placer.

Luego él suspiró y se tumbó del todo sobre ella, apoyando levemente la frente sobre la suya. Leigh lo abrazó amándolo.

Richard le rodeó la cintura con los brazos, posesivamente, e hizo que ambos rodaran de costado. Estuvieron así un largo tiempo, entrelazados.

Leigh pensó en la suerte que tenía, no muchos hombre eran tan excitantes y considerados como Richard, o eso suponía. No podía haber soñado un amante mejor. Era perfecto para ella. Si esa iba a ser la pauta de sus noches, no tenía nada de que quejarse.

–Gracias por hacerlo tan maravilloso para mí, Richard –dijo.

Él suspiró.

–Así es como quise que fuera... nuestra primera vez.

Leigh sonrió.

–Podíamos no haber tenido esta segunda vez si no me hubiera parecido bien la primera, Richard.

–¿Contó lo de entonces? –dijo sonriendo.

–Oh, sí. Si no, no habría accedido a tu proposición. Con todos tus argumentos, y no diría que no fueron convincentes, casarme contigo significaba compartir la cama contigo.

–Bueno, me alegro de que quedaras satisfecha.

–¿Y tú? ¿Estás satisfecho conmigo, Richard?

Él se rio.

–Extremadamente satisfecho. Ahora tengo todo lo que quiero. Incluyéndote a ti, querida. Creo que ahora nos vendrá bien el champán

–dijo él acariciándole la nariz.

Se levantó de la cama y se dirigió a la mesa. Entonces ella pensó en lo que había hablado esa noche con Caroline.

–No te puedo prometer un hijo, Richard –le recordó.

Él sonrió y sirvió dos copas de champán.

–No me importa si no tenemos un hijo, Leigh.

–¿No ha sido por eso por lo que te has casado conmigo? ¿Para cumplir la voluntad de Lawrence y conseguir el control de su empresa?

–Nuestro matrimonio será lo que nosotros queramos, Leigh. No dejes que nada más te preocupe. Conseguir el control de la empresa es asunto mío y, esta noche no quiero hablar de negocios.

Ni ella tampoco.

Él dejó la botella de nuevo en el cubo con hielo, tomó las copas y la miró.

–Pareces una adolescente –le dijo él.

–Bueno, pues no lo soy.

–¡Gracias a Dios! He esperado mucho tiempo a que crecieras.

–No me estabas esperando –dijo ella deseando poder creérselo.

Él le pasó entonces una copa.

–Te sorprendería saber la cantidad de veces que me vi tentado por la pasión que emitías,

Leigh; las veces que quise sentirla de otra manera.

–Ahora lo has hecho –dijo ella y le dio un trago a su copa, tratando de que no se le notara lo mucho que le afectaban sus palabras.

–Y es de lo más adictivo. Yo quiero un hijo, Leigh. No estarás usando anticonceptivos, ¿verdad?

–No.

Ella había considerado que parte de ese trato era que se quedara embarazada tan pronto como fuera posible.

–No tiene por que ser un niño.

Ciertamente, todo sería más fácil para él si lo fuera. Más fácil para los dos.

–Ni tú ni yo hemos tenido nunca la sensación real de una familia –continuó él–. Yo quiero tener un hijo contigo. Sería un hijo que nunca se sentiría rechazado por ninguno de sus padres. Un hijo amado.

Esas palabras le legaron a ella al corazón, un hijo amado, querido...

–Sí –susurró y lo vio a él igual de animado por la idea.

Leigh dejó su copa en la mesilla de noche. No quería beber más. Quería...

Capítulo 11

FUERON a pasar la luna de miel a Norfolk Island, un paraíso aislado en el Océano Pacífico, una auténtica joya de la naturaleza para ricos.

Richard había alquilado una cabaña de vacaciones que daba a la bahía Creswell y al mar abierto. La cabaña, por supuesto, tenía todas las comodidades que pudieran desear.

Leigh vio que allí no tenían que dar el espectáculo, para alivio suyo y pronto le pareció evidente que aquello era precisamente lo que quería Richard, dado que se pasaban desnudos la mayor parte del tiempo, tanto en la cama como fuera de ella.

Los días eran largos y voluptuosos, estaban casi continuamente en un estado de excitación sexual.

Hicieron turismo de una forma más incidental que planeada, pero Leigh decidió que podía enterarse de un poco de la historia de la isla.

No tenía ni idea de que eso iba a llevarla a romper la burbuja de armonía en la que estaba viviendo con Richard.

Norfolk Island había sido en su época una colonia penal donde los convictos habían sido llevados en barcos y sometidos a las crueles autoridades. A ella le pareció increíble que ese lugar tan hermoso hubiera sido utilizado como prisión, pero cuando visitaron el deprimente museo le resultó evidente que así había sido.

–Pobres diablos, sin otra escapatoria que el mar –dijo cuando leyó la historia de un rebelde que trató de escapar nadando.

Se preguntó si ahogarse habría sido mejor que vivir bajo semejante crueldad.

–Sí, estas cosas ponen la vida de uno bajo otra perspectiva, ¿no? –comentó Richard.

La cárcel era un edificio gris y lúgubre, como todas. Los convictos habían sido obligados a construir las casas donde luego vivirían los gobernadores y guardianes, casas que seguían habitadas por los que proporcionaban servicios profesionales a los isleños.

Leigh había leído que había seis hombres por celda y estas eran muy pequeñas. No se podía imaginar cómo podían dormir allí seis hombres.

Las peleas debían ser constantes ante semejante falta de espacio.

–Supongo que no se puede llamar cárcel a la mansión de Lawrence. No como esta. Pero a mí me lo parecía cuando crecí en ella.

–Pero lograste escapar de ella, Leigh –respondió él mirándola apreciativamente.

–¿Y tú, Richard? ¿Cómo fue tu infancia?

Él se encogió de hombros.

–Solitaria.

–Tienes dos hermanos.

–Que no eran más compañía para mí que lo que fueron tus hermanas para ti.

Leigh recordó la cara que había puesto la madre de él cuando le dijo que Richard era amable.

–¿No eran amables contigo?

–No particularmente. Sobre todo yo era ignorado.

–¿Por qué?

–Eran mayores. No teníamos los mismos intereses. Se fueron a vivir con su padre cuando se divorció de mi madre. No tenían tiempo para mí. Así fue –dijo él amargamente.

–¿Qué edad tenías cuando se divorciaron?

–Siete años.

–¿Y tú te quedaste con tu madre?

–No exactamente. Me metieron en un internado.

–¿A los siete años?

–Corazón que no ve...

–¿Por qué?

–Mi madre pensaba que yo le había arruinado la vida. Se quedó embarazada del hombre que quería, pero él no tenía la menor intención de divorciarse de su esposa, así que la dejó cuando ella le sugirió que lo hiciera. Luego su marido se divorció cuando descubrió que yo no era suyo.

–¿Fue entonces cuando supiste lo de tu padre verdadero? ¿Cuándo tenías siete años?

–Sí.

–¿Y el internado fue como una prisión?

–No estaba demasiado mal, para aquellos niños que podían sobresalir en los deportes. Y académicamente. Era cuestión de ser de los mejores –dijo él sonriendo fríamente–. Si lo hacías, todo el mundo te respetaba, profesores, alumnos y la mayoría de los padres de estos.

Leigh no tuvo que preguntar si él había sobresalido. Lo llevaba escrito en su físico y en su carrera profesional.

–¿Por qué invitaste a nuestra boda a tu madre?

Él la miró con ojos brillantes.

–Porque es mi madre, quiera o no.

–¿Por qué crees que vino? –le preguntó ella al recordar la nota de antagonismo y amargura en la voz de Clare Seymour.

–Porque ella obtiene una especie de perversa

satisfacción en la posición que yo he conseguido.

Como la madre de ella.

Eso la dejó pensativa por un momento y él le preguntó entonces:

–¿Y ahora qué?

–¿Cómo piensas conseguir el control de la empresa si no tenemos un hijo?

–Hay formas...

–Cuéntame una de ellas.

–Déjame eso a mí, Leigh.

Ella lo agarró por un brazo y lo miró a los ojos.

–No quiero tener que sentirme culpable por tener una hija. Por favor, Richard... quiero saber.

Él frunció el ceño.

–No hay ninguna razón para que te sientas culpable. Estamos casados. Tendremos un hijo. Eso muestra nuestro interés en cumplir con el testamento de Lawrence, y no importará si es un hijo o una hija. Yo soy el único beneficiario de ese testamento.

Leigh frunció el ceño también. Caroline había dicho también que el único beneficiario del testamento era Richard, como si con eso tuviera un poder que pudiera afectar a la familia. ¿Pero cómo?

–No lo entiendo.

—No tiene que preocuparte, Leigh.

Ella lo miró irritada y, por fin, él le dijo:

—Muy bien. El testamento de Lawrence no se puede cumplir hasta que no se hayan cumplido a la vez todas las condiciones. Tu madre y hermanas no pueden recibir su parte hasta que esté cumplido. Lo que significa que, normalmente, van a tener que esperar y esperar...

Él lo dijo eso con una amarga satisfacción y Leigh tuvo la impresión de una profunda hostilidad hacia su familia que no había visto nunca antes.

—Y esperarán hasta que tengamos un hijo —continuó él—. Lo que puede no suceder nunca. Y dada la experiencia de tu madre al tener cinco hijas, todas ellas saben muy bien lo que significa ese nunca.

—¿No significa eso nunca para ti también?

—Más tarde o más temprano, tus hermanas se impacientarán. Me da la impresión de que algunas de ellas me venderán las acciones de la empresa que ellas no pueden tocar. Como responsable del testamento, estoy en posición de aceptarlas o de hacerles la oferta yo mismo.

—¿Les darás un trato justo?

Él levantó una ceja y la miró.

—Escrupulosamente justo. No quiero dar lugar a ninguna clase de problema legal. ¿Por qué te preocupan tanto tus hermanas. ¿Se han preocupado alguna vez ellas por ti?

–No –admitió.

Toda la expresión de él se endureció.

–Se quedaron en casa de su padre para ver si le sacaban algo a él. Son unas parásitas. Déjalas, Leigh. Como ellas te dejaron ir a ti.

Él tenía razón y lo sabía muy bien. Pero no podía sentirse así de desalmada.

–¿Sientes lo mismo por tus hermanos?

Él se encogió de hombros.

–Ellos no se aferraron a su padre. Los dos se hicieron sus propias vidas y yo respeto eso. Tus hermanas no han hecho nada que yo pueda respetar. Nada.

–Tal vez el padre de tus hermanos no destruyó todo sentido de auto estima en ellos. A Lawrence le gustaba tener esclavos, Richard.

–Tú no fuiste su esclava. Tus hermanas vieron las ventajas de pegarse a él y siguieron ese camino.

–Puede que ese camino fuera su única forma de sobrevivir.

–El camino más fácil –dijo él–. No se molestaron en conseguir un trabajo para vivir. Se agarraron al dinero que les proporcionaba Lawrence. Y cualquiera de ellas se habría casado conmigo para asegurarse de que la cosa siguiera igual.

Leigh no lo pudo negar aunque, de alguna

manera, entendía la mentalidad de sus hermanas, a las que les habían lavado el cerebro desde pequeñas. Ellas habían trabajado en lo que
Lawrence les había proporcionado y habían
sido pagadas por ello, pero habían perdido su
corazón y alma y habían renunciado a luchar
por algo distinto.

–No sabes cómo fue para ellas en los años
de antes de que tú aparecieras en escena –dijo–.
La diferencia entre mis hermanas y yo fue que
mi madre nunca se puso de mi lado. Lo que me
dejó sola. Mis hermanas fueron animadas a ala-
bar y obedecer a mi padre. Fue a eso a lo que
las enseñaron. No las culpes por lo que eso las
hizo, Richard.

Él la miró incrédulamente.

–¿Las defiendes? ¿Las defiendes cuando
ellas nunca movieron un dedo por ti?

–Por muy solitario que tú te pudieras sentir
en el internado, tú tuviste autonomía desde
muy pequeño para hacer lo que pudieras con tu
vida, sin interferencias, sin la clase de castigo
mental que ejercía Lawrence. No juzgues a mis
hermanas, Richard. Tú no has vivido como
ellas.

–No, no lo he hecho –admitió él–. Tal vez el
aislamiento fue mejor. Para nosotros dos.

Ella lo miró sabiendo que él le estaba ocul-
tando muchas cosas, como había ocultado lo

que pensaba de sus hermanos bajo una capa de encanto exterior. Ninguna sabía lo que él pensaba de ellas. Y ella misma no sabía realmente lo que pensaba de ella bajo lo que él proyectaba para conseguir sus propósitos. Estaba claro que existía una atracción sexual. Eso no se podía simular. ¿Pero qué más era real? ¿Tenía ella realmente un hueco en el corazón de Richard?

Entonces él sonrió y las dudas de ella se esfumaron un poco, ya que seguramente él no podría simular el cálido aprecio que se le notaba.

–Eres una persona sorprendente, Leigh –dijo mirándola a los ojos–. Salgamos de este lugar deprimente. Volvamos a la cabaña. Se me ocurren cosas mucho más placenteras que hacer.

Eso le llevó a ella a la memoria las palabras de él en la noche de bodas. Le había dicho que ahora él tenía todo lo que quería, incluyéndola a ella.

Apenas controló un estremecimiento. Se permitió a sí misma ser dirigida por él porque realmente no podía ir a ninguna otra parte y porque la forma en que él la abrazaba era consoladora. No quería sentirse sola... aislada.

Mucho más tarde, mientras estaban tumbados juntos en la cama, Richard se puso de lado y la miró relajado. Leigh sintió de nuevo esperanzas de que algo bueno podría salir de esa continuada intimidad. Su marido era un hombre muy complejo, pero con el tiempo, esperaba sobrepasar las capas superficiales de él y ver lo que había dentro.

Él sonrió y le acarició el vientre.

—¿Crees que ya habremos concebido a nuestro hijo, Leigh?

—Bueno, si somos fértiles, no veo por qué no.

Él se rio y la besó en el vientre, luego fue bajando poco a poco. Leigh contuvo la respiración sabiendo lo que él quería hacer. Pero antes de que su mente se obnubilara por completo, rogó que su hijo fuera un niño.

Un hijo terminaría con la influencia de Lawrence en las vidas de todos. Richard tendría lo que quería, el control total, y su madre y hermanas podrían ser libres. Luego tal vez su matrimonio podía empezar a conseguir todo lo que ella necesitaba tan desesperadamente de él.

Capítulo 12

BUENO, está muy claro que es un niño –dijo el médico al tiempo que se apartaba de la pantalla para que ella pudiera verlo.

Leigh se sintió enormemente aliviada al oírlo. No más angustia por tener una hija y cómo podía afectar eso a todo. Ahora se podía relajar y esperar ansiosa el nacimiento de su hijo.

Una angustia que le había durado los cuatro meses que habían pasado desde que supo que estaba embarazada, por mucho que se dijera a sí misma que su hijo sería amado fuera del sexo que fuese.

–Ya se puede vestir, señora Seymour –dijo el médico sonriendo–. Espero que tener un hijo sea una buena noticia para usted y su marido.

–Lo es. Aunque a él no le habría importado que fuera una niña.

–Tal vez la próxima vez –dijo el médico.

¡La próxima vez! ¡Leigh no podía ver más

allá de esa vez! Estaba segura de una cosa: de que no tendría más hijos hasta que no estuviera segura de la clase de padre que era Richard. Como marido compartían toda clase de intimidades en la cama, pero sus intrincados procesos mentales eran todavía un misterio para ella.

De todas formas, era un futuro padre preocupado por el bienestar de su futuro hijo y se mostraba muy protector con ella en su embarazo.

Tan pronto como ella salió de la clínica lo llamó por el teléfono móvil. Era casi mediodía y el calor de verano del sol de febrero caía a plomo, así que se puso a la sombra de un árbol.

–Oficina del señor Seymour. ¿En qué puedo ayudarlo? –dijo una voz de mujer.

–Soy Leigh Seymour, su esposa. Me gustaría hablar con él.

–¡Oh! Ahora está reunido, señora Seymour. Espere un momento mientras le paso la llamada a la sala de reuniones.

–Si es importante...

–No, no, usted tiene prioridad. Espero que no pase nada malo. Ahora mismo lo llamo. Señor Seymour, su esposa está en la línea.

La voz de Richard le llegó entonces, seca y preocupada.

–Leigh, ¿cuál es el problema?

Halagada por el hecho de que Richard le hubiera dado instrucciones a su secretaria para que ella tuviera prioridad en sus llamadas, Leigh tardó un momento en responder. Le impresionaba el hecho de que ella y su hijo fueran más importantes para él que sus negocios.

–¡Leigh! –exclamó Richard ya asustado–. ¿Dónde estás? ¿Qué ha pasado?

Ella sonrió para sí misma.

–Estoy bien, Richard. Y nuestro hijo. Solo he pensado que te gustaría saber que es un niño. Vamos a tener un hijo.

–¿Un hijo? ¿Cómo puedes estar tan segura?

–Acabo de hacerme una ecografía –dijo ella triunfantemente–. Definitivamente, es un niño.

Se produjo un silencio por varios segundos, luego él le dijo como reprochándoselo:

–¿Te has hecho una ecografía y no me has dicho nada?

–No quería hablar de ello –confesó ella sintiéndose culpable.

Richard suspiró.

–Me habría gustado estar allí contigo, Leigh.

Su disgusto la hizo sentirse más culpable todavía. Lo que había hecho había estado mal. Lo había excluido de la experiencia de ver a su hijo por primera vez.

–Lo siento, Richard. Te habría partido por la mitad el día y... Bueno, tengo el vídeo. Podemos verlo juntos esta noche.

–¡Ah! –exclamó él notándosele el alivio y el placer en la voz.

–Es perfecto. Todo está donde debe estar –le aseguró ella.

–¡Eso es magnífico, Leigh! ¡Magnífico! ¿De verdad se ve que es un niño?

–Sin dudar. Acabo de salir de la clínica y pensé que te gustaría saberlo inmediatamente.

–Sí. Gracias.

Por lo menos había hecho bien llamándolo.

–Ahora te dejo que vuelvas a tu reunión.

–Un niño... –repitió él encantado.

No excitado ni triunfante. Solo encantado.

El sexo de su hijo no le importaba realmente, pensó Leigh. Un niño no representaba una extensión de su ego como lo habría sido para Lawrence. Richard no estaba hecho del mismo molde.

–Te veré esta noche.

–Sí... esta noche...

Luego ella se dirigió a la lujosa mansión que había comprado Richard en las afueras de Sydney, de cara a la bahía. Era una casa lujosa y ultramoderna, pero completamente distinta de la excesivamente formal y fría de los Durant. Y también estaba situada en el lado contrario de la bahía.

Además ella había tenido carta blanca para amueblarla y decorarla, lo que había hecho a base de colores brillantes y alegres.

En los meses que llevaban casados, el matrimonio había funcionado perfectamente. Richard había demostrado ser un marido amable y considerado. Y un amante fantástico.

Desde que ella había vuelto a vivir en Sydney había visto de vez en cuando a sus hermanas y madre. Se habían limitado a saludarse educadamente y nada más.

Una vez que se encontró con su madre de compras en una boutique, la invitó a tomar café en una cafetería cercana.

Su madre accedió, pero ella se dio cuenta pronto de que lo había hecho más por curiosidad que por tratar de establecer una nueva relación con ella.

−¿Estás embarazada? −le preguntó su madre directamente cuando se sentaron en una mesa.

−Lo estoy −respondió ella pensando que sería un alivio para su familia saber que había un hijo en camino.

Un hijo que podía hacer que cobraran su parte de la herencia.

Su madre sonrió irónicamente.

−Richard no ha perdido el tiempo. Ya te habrás dado cuenta de que es tan ambicioso como lo fue Lawrence...

−¿Lo es?

−Me pregunto si te devorará a ti tu vida

como él me devoró a mí la mía.

Esa conversación la dejó preocupada durante todo el camino de vuelta a su casa.

Una vez allí, llamó a su madre para dejar claras algunas cosas. Ella estaba segura de que Richard no era como Lawrence y se lo iba a decir.

—¿Leigh? —dijo su madre al otro lado de la línea.

Parecía sorprendida, como si no se le ocurriera qué podría querer su quinta hija de ella.

—No va a ser lo mismo, madre. Acabo de hacerme una ecografía. Es un niño.

Después de un momento de silencio, Alicia dijo:

—Ya veo. ¿Y te da algún placer restregármelo por las narices?

—No. Solo quería...

Le fallaron las palabras. ¿Cómo explicar su desesperada necesidad de aclarar el pasado?

—¿Compartir tu felicidad? —le preguntó su madre irónicamente.

—No. Supongo que no te esperarías eso. Solo díselo a Caroline, ¿quieres? Y a las demás. El que yo vaya a tener un hijo significa que podrán tener su parte de la herencia poco después del nacimiento.

Con los ojos llenos de lágrimas, colgó el teléfono y se dejó caer en un sofá.

Cuando se le pasó algo la emoción, Leigh se levantó y se dirigió al piso de arriba, al dormitorio principal, se lavó el rostro en el cuarto de baño y se puso unos pantalones cortos y camiseta. Luego bajó de nuevo, decidida a trabajar un poco.

Modelar la cerámica siempre le había resultado tranquilizante.

El estómago vacío la hizo pensar en comer algo a pesar de la falta de apetito. Tenía que pensar en su hijo.

Se dirigió entonces a la cocina, donde la cocinera y ama de llaves, Rene Harper, estaba ordenando la compra.

—¿Lista para almorzar, querida?

Era una mujer regordeta de mediana edad que ella había elegido entre las demás solicitantes porque le había caído bien inmediatamente y, para ella eso era más importante que las mejores recomendaciones.

—No te preocupes por mí, Rene. Me tomaré un sándwich y un zumo.

—He traído algunos entremeses muy ricos. Son muy nutritivos. Buenos para el niño.

—Muy bien, me tomaré algunos.

Le contó a Rene lo de la ecografía y la mujer pareció encantada y se pusieron a charlar animadamente.

Esa conversación mejoró el humor de Leigh

notablemente y cuando volvió a su taller traba-
jó con más entusiasmo.

La tarde pasó volando y cuando llamaron a
la puerta del estudio, ella se sorprendió mucho.

–¿Qué pasa? –preguntó molesta.

Todo el personal de la casa sabía que no debían molestarla cuando trabajaba.

Se abrió la puerta e, increíblemente, Rene se
disculpó e hizo pasar a... su madre.

–La señora Durant ha insistido...

Leigh se levantó del taburete donde estaba
sentada, con las manos llenas de arcilla húmeda
y miró sorprendida a la elegante figura de Alicia Durant. Una vez dentro del taller, Alicia se
quedó muy quieta, recorriendo con la mirada la
colección de jarros y demás objetos de alfarería
que había en las estanterías y pedestales. Cuando miró de nuevo a Leigh, parecía tan sorprendida como lo estaba ella.

–¿Es esto lo que haces? –le preguntó.

–Sí –dijo ella y miró al ama de llaves–. Gracias, Rene.

La puerta se cerró, dejándolas solas.

Alicia se acercó lentamente a un pedestal
sobre el que había un jarrón de cuello largo de
tonos azules.

–¿Es tu trabajo? –preguntó tocándolo levemente.

–Sí.

–Es precioso. Verdaderamente precioso.

–Gracias...

Alicia recorrió lentamente la habitación, mirándolo todo. Cuando la miró a ella de nuevo, fue como si la viera por primera vez.

–No te conozco en absoluto, ¿verdad? –dijo.

–No quisiste hacerlo.

–No, no quise. Tú fuiste un acto desesperado que no funcionó, Leigh. La mayor parte de las veces no podía soportar ni mirarte. Fue un alivio cuando te marchaste. He estado pensando todo esto desde que me has llamado para contarme lo del niño.

–Lo siento. No he querido molestarte. La última vez que nos encontramos, hiciste un paralelo de nuestras vidas. Eso me asustó. Necesito que mi vida sea diferente.

Alicia asintió.

–Me alegro de que vayas a tener un niño, Leigh. De verdad. No te mereces lo que conseguiste de Lawrence y de mí. Espero que Richard te trate bien.

–Gracias.

–Y, con respecto a las condiciones del testamento, me aseguré de que Lawrence me dejara lo suficiente, independientemente de si vivía o moría. Felicity y Vanessa han sacado bastante de sus matrimonios. De todas formas, lo tuyo va a ser una buena noticia para Caroline y Nadine. Se lo haré saber.

–Por favor. Caroline me habló de ello el día de mi boda.

Alicia hizo un gesto de desagrado.

–Seguro que sí. Ella odiaba a Lawrence probablemente más que tú.

Leigh frunció el ceño.

–¿Por qué?

–Porque ella es inteligente y capaz y pensaba que debía ser ella la que se ocupara de la empresa y lo sucediera a él. Pero él le fastidió la idea. ¿Una mujer tomando su lugar?

Impensable en un hombre como él.

–¿Por qué seguiste entonces con él, madre?

Alicia sonrió irónicamente.

–Oh, él era poderoso y excitante y cualquier otro hombre habría sido menos que él. No estaba dispuesta a dejarlo escapar. Me imagino que a ti te pasa lo mismo con Richard, ¿no?

¿Era así? Leigh nunca habría nombrado así sus sentimientos, pero las palabras de su madre, cualquier otro hombre habría sido menos que él, ciertamente la impresionaron.

–Yo quise a Lawrence hasta el final –continuó su madre–. Ahora veo todo lo que hice para conservarlo... lo que gané y lo que perdí... y me doy cuenta de lo obsesionada que estaba con ello. Tal vez era una enfermedad.

Hizo una pausa, tomó aire y miró pensativamente a Leigh antes de añadir:

–¿Realmente tenemos opciones? ¿O se nos imponen por una compleja conjunción de fuerzas?

Aquella era una pregunta que obligaba a pensar. Leigh recordó cuando Richard comentó el que ella hubiera elegido irse de su casa, no aceptar más de Lawrence, pero para ella, no había sido un hecho consciente escapar de una vida que se había vuelto una pesadilla. Se había ido porque tenía que hacerlo. Incluso el haberse casado con Richard lo había hecho influenciada por muchas fuerzas emocionales.

–¿Por qué has venido aquí, madre? –preguntó.

Alicia se encogió de hombros.

–No me cabe duda de que pensarás que es extraño después de todos estos años de indiferencia, pero de repente he querido conocerte, Leigh –dijo sonriendo levemente–. Aunque puede que sea demasiado para ponernos en plan madre e hija. Diría que sería algo imposible para las dos. Pero me gustaría llegar a conocer a la persona que eres.

Leigh miró a su madre sin apenas dar crédito a sus oídos. La oferta de tender un puente en la brecha que había entre ellas era como un arco iris al final de años de lluvia. Temiendo que pudiera desaparecer, Leigh se apresuró a encontrarse con ella a mitad del camino sin ponerse demasiado emocional.

—A mí también me gustaría —dijo—. Me refiero a llegar a conocerte a ti.

—No soy muy buena persona —le advirtió Alicia.

—Me interesa. Tú sigues siendo mi madre.

—Sí, eso lo soy —admitió Alicia secamente—. Tal vez podamos quedar para almorzar dentro de una o dos semanas. Podríamos ir de compras para el niño.

—¿Por qué no? Llámame cuando te parezca bien.

—Un niño —dijo Alicia y agitó la cabeza—. Yo habría dado cualquier cosa por tener uno.

Leigh se sintió inmediatamente solidaria con ella.

—Yo me sentía así esta mañana, antes de saberlo.

La mirada de Alicia se hizo más cálida.

—Es bueno poder hablar así contigo. Sin recriminaciones.

Ella no quería culpas, pensó Leigh. Entonces, ¿quién las quería?

—Podemos empezar desde aquí —añadió Alicia suspirando satisfecha—. Ahora te dejo con tu trabajo.

—Te acompaño afuera...

—No. Puedo ir sola —dijo su madre al tiempo

que se acercaba a ella y le tocaba el brazo–. Gracias, Leigh. Te llamaré.

Y Leigh se sintió de repente demasiado afectada para contestar. No era un contacto amoroso, pero ya era algo.

No se dijeron nada más y su madre salió del taller y cerró la puerta.

Pero Leigh se quedó con la sensación de que se había abierto otra puerta.

Decidió dejar de trabajar, se quitó el delantal y salió al jardín. Un nuevo comienzo, pensó y se llevó una mano al vientre. Un nuevo comienzo para todos, decidió.

De ahora en adelante sería más abierta con Richard y lo animaría a él a que lo fuera también. Debían expresar sus sentimientos, no ocultarlos alimentando más dudas y preocupaciones. Ella quería saber más sobre sus decisiones, sobre a dónde quería llegar él realmente y qué era lo que lo llevaba a hacerlo.

El cazador...

Esa noche... Esa noche no iba a dejar de buscar las respuestas que quería.

Capítulo 13

LA NOTA estaba dedicada a la madre de su hijo.

Acompañaba a un gran ramo de rosas que le alegró el espíritu a Leigh.

Lo puso en el dormitorio para poder observarlo mientras se vestía para la cena de celebración con Richard.

Ya eran casi las seis y media, la hora en que él le había dicho que pasaría a buscarla a casa.

Ella había elegido para la ocasión un vestido rojo que le sentaba muy bien pero que no le destacaba la barriga.

Cuando terminó de prepararse, olió de nuevo las rosas y bajó al salón para asegurarse de que el vídeo de la ecografía estaba listo.

Poco después oyó el poderoso motor del coche de él afuera y, al cabo de un momento, Richard asomó la cabeza por la puerta.

—¿Puedo pasar? —preguntó él bromeando.

Ella se rio.

–Oh, creo que sí.

–¡Muy bien! Te sienta bien el rojo.

Él cerró la puerta y, en dos pasos, se acercó a ella y la tomó en sus brazos. La miró a los ojos para ver su reacción y le preguntó:

–¿Te alegra que sea un niño?

La sonrisa de ella le salió del corazón.

–Mucho. Y gracias por las rosas.

–De nada.

Luego la besó apasionadamente, haciéndola sentirse amada aunque no dijera las palabras.

Tal vez las dijera más tarde, pensó esperanzada. Luego se colocaron delante del aparato de televisión y le pasó la cinta en la que su hijo aparecía por primera vez. La vieron muy juntos y con el brazo de Richard sobre sus hombros.

Richard estaba como absorto con lo que estaba viendo, sin decir nada en absoluto. Ella apretó el botón de pausa cuando se vio claramente que era un niño.

–¿Ves?

Richard sonrió.

–Bueno, ciertamente tiene el equipo necesario para ser un niño. Es fuerte como un toro.

Ella le dio un golpe en el brazo.

–Eso es en lo único que pensáis los hombres en la potencia y su ejecución.

–Hum. Creo que mi potencia está demostrada, pero tengo que admitir que en lo que más pienso es en la ejecución.

–Vamos a salir a cenar fuera, Richard –le recordó ella sin importarle demasiado.

–Y espero que sea una buena cena de celebración. Champán, langosta, frutas tropicales...

–No demasiado champán –le advirtió ella–. No es bueno para el niño.

–Solo un trago de vez en cuando para animarte.

Poco después estaban sentados en su mesa en Doyle´s, un restaurante de la costa famoso por su marisco y pescados. Richard se pasó el rato tonteando con ella encantadoramente, provocativamente, seductoramente y Leigh no dejó de reír y bromear.

Por supuesto, todo estaba fantástico y se lo estaban pasando tan bien que no se dieron cuenta de lo que sucedía a su alrededor hasta que Clare Seymour se acercó a su mesa y los saludó:

–Vaya, parece que os lo estáis pasando muy bien juntos.

–Madre... –dijo Richard frunciendo el ceño–. ¿Has venido con alguien?

–Estoy celebrando el cumpleaños de una amiga –respondió ella señalando una mesa donde estaban sentadas otras tres damas, observándolos.

–Espero que esté disfrutando de su velada,

señora Seymour –dijo Leigh sonriendo a pesar de la tensión entre madre e hijo.

Clare le dirigió una sonrisa muy leve.

–Parece que vosotros estáis celebrando algo también.

–Sí –admitió Leigh pensando que no había nada de malo en hacerle saber la noticia–. Hoy hemos descubierto que el hijo que esperamos es un niño.

La sonrisa desapareció del todo.

–Así que Lawrence ya tiene su nieto.

Miró luego a Richard y añadió fríamente:

–Un buen golpe para ti, a pesar de que no me cabe la menor duda de que has organizado esto también.

–Yo no puedo dirigir a la naturaleza, madre –dijo él sarcásticamente–. Ahora, si no te importa... estás interrumpiendo una velada muy especial.

Su madre no hizo caso de la indirecta.

–Debe darte mucha satisfacción haber logrado lo que tu padre no consiguió... en su matrimonio. Y es tu primer hijo.

–¡Ya basta! –le ordenó Richard irritado.

–Cinco hijas... No, claro, solo cuatro. Richard no se podría haber casado contigo si realmente fueras hija de Lawrence. Es muy apegado a la legalidad. Casarse con una medio hermana sería demasiado cuestionable.

Leigh se quedó helada. ¿Que Richard no se podría haber casado con ella si hubiera sido su medio hermana? Entonces él tenía que ser... ¡hijo de Lawrence! El amante de Clare había sido Lawrence Durant... El padre de Richard.

–¡Por Dios! ¡Cállate ya! –siseó él lleno de furia al tiempo que se ponía en pie.

Sin parecer afectada para nada, su madre se volvió y le dio una palmada en el hombro.

–Te doy la enhorabuena, querido. Por la eficacia con la que has llevado a cabo tu plan maestro. Espero que Lawrence se esté retorciendo en su tumba. Mucho. Que se fastidie por haber rechazado lo que le pude dar yo.

Richard la agarró por un brazo y la hizo inclinarse.

–Yo te pagué por tu silencio con todo lo que pasé durante mi infancia, madre –le dijo en voz baja–. Te prometo que serás tú la que lo pagues si vuelves a romper de nuevo tu silencio.

La amenaza era tan palpable que le llegó instantáneamente a Clare. Richard la soltó y ella se volvió a la mesa de sus amigas muy dignamente.

Leigh se había quedado de piedra.

–Leigh...

Ella no lo quería mirar. En el momento en que lo mirara vería las similitudes que tenía con su padre verdadero. Sus ojos. ¿No eran del mismo color azul que los de Lawrence? ¿Y su barbilla? Ahora que lo sabía...

–Leigh... –dijo él mirándola intensamente.

Ella siguió con la vista baja, fija en sus manos, como solía hacer con Lawrence. Sabía que así podría dejar aparte todo lo exterior. Incluso podía dejar fuera la voz de Richard si se concentraba lo suficiente.

El solitario que llevaba en el anillo le llamó la atención. Su anillo de compromiso. Junto a la alianza de boda. Ella era la única de las Durant con la que él se podía casar, la única que no era hija de su padre. La novia de su elección. Vaya una terrible mentira que era eso. Ella era su única opción para conseguir lo que quería, aquello que él debía pensar que tenía todo el derecho a poseer.

Su madre lo había dicho esa tarde. Aquello no había sido realmente una elección, sino una compleja mezcla de fuerzas.

No tenía nada que ver con el amor.

Ni con ser especial.

Era el único medio para conseguir un fin... Eso era lo único que ella era para Richard. Y, como cazador que era, siempre usaba los medios que fueran necesarios para conseguir lo que quería.

Una mano le agarró el brazo, haciéndola levantarse.

–Nos vamos a casa –dijo él.

¿A casa? ¿Qué era eso? Donde estaba su corazón, respondió su mente, pero su corazón estaba demasiado destrozado y Leigh dudaba que lo pudiera recomponer alguna vez.

Una vez en el coche, a donde ella se había dejado llevar como un autómata, pensó que estaba sola de nuevo, que no pertenecía a ningún sitio...

Pero aquello no era completamente cierto. Estaba el nieto de Lawrence. Se estremeció al pensar en que el niño pudiera llevar alguno de los genes de Lawrence.

–¿Estás bien?

La preocupación que se leía en la voz de Richard, el hombre que le había hecho aquello, se deslizó en su mente obnubilada y disparó algo en su interior. Un destello de furia que llenó de energía todo su cuerpo. Lo miró y le dijo:

–¡No, no estoy bien! Estoy muy mal, Richard. Y dudo que vuelva a estar bien alguna vez, gracias a ti y a la forma en que me has utilizado.

Él la miró.

–Lo que ha dicho mi madre es irrelevante para nosotros.

–¡Irrelevante! ¡De eso nada! ¡No me tomes por tonta, bastardo!

Él se rio secamente.

–Oh, sí, lo soy. Y si alguna vez le hubiera dicho a Lawrence que era su hijo bastardo, él lo habría explotado convenientemente, así que si crees que la verdad me habría servido de algo, olvídalo, Leigh. ¡Empieza a recordar a Lawrence como era! ¡Cómo era contigo... su hija bastarda!

–¡Yo no era de su sangre! ¡Tú sí!

–¿Y crees que él quería un hijo que le pudiera hacer sombra? ¿Derrotarle? Lawrence me habría mantenido bajo su pie encantado mientras seguía rebajándote a ti, Leigh. Era su naturaleza. Solo siendo aparte de la familia yo podía obligarlo a respetarme.

Ella no había pensado en eso. Mantuvo la boca cerrada mientras pensaba en la posición de él. Lo que le estaba diciendo era probablemente una descripción correcta del carácter de Lawrence. ¿Habría querido Lawrence un hijo capaz de competir con él, o su egomanía habría exigido que el hijo fuera menos que el padre? Seguramente, si se añadía a eso la ilegitimidad del hijo, Lawrence sin duda le habría echado en cara su falta de cualquier derecho legal a nada.

–Leigh, si yo le hubiera dicho que era su hijo, él lo habría visto como una debilidad. Un hijo que quería algo de su padre. Concesiones. Un camino fácil hasta la cima. No habría juzgado justamente mis habilidades. Y aún así, yo tuve que pelear constantemente con él para ganarme cualquier pedazo de terreno ganado.

Eso lo podía ver ella. Pero...

—No tenías que trabajar para él, Richard —dijo ella amargamente—. Con tu capacidad podías haber hecho cualquier cosa, haber ido a cualquier sitio.

Vio como los nudillos de él se ponían blancos agarrando el volante.

—Él era mi padre. Lo sabía desde que tenía siete años, Leigh. Lawrence Durant, uno de los hombres más poderosos y ricos de Australia... mi padre. ¿Crees que podría olvidarme de eso? ¿Dejarlo a un lado? Todos esos días cuando los padres iban a ver a sus hijos al internado, a sacarlos de allí, yo pensaba en él. Pensaba en cómo sus otros hijos, los que tenía con su esposa, tenían toda la atención y los privilegios de ser sus hijos legítimos.

¡Sus medio hermanas! Las cuatro, consiguiéndolo todo, mientras que él no tenía nada.

De repente Leigh lo vio con claridad. Lo que quería Richard era conseguirlo todo, de una forma u otra. Incluso lo entendía, pero eso no la hacía sentirse mejor. Para él, ella era solo una herramienta más en su repertorio para conseguir el fin que quería. Ella no era más que un plan secundario en su plan maestro.

–El propósito fue establecido hace ya mucho tiempo –murmuró él.

–Y yo soy la víctima.

–No la víctima. Una socia.

–Una socia normalmente conoce los planes.

–Y tú los conocías. Te los conté el día del funeral de Lawrence.

–Ah, pero te faltó contarme lo más importante, ¿no? Que yo era la única con la que te podías casar. ¡Que no era tu elección!

Él golpeó el volante, frustrado.

–No me digas que el plan no te atrajo, ¡porque lo hizo!

Ella se enfadó también.

–No tienes ni idea de lo que me atrajo. Nunca te molestaste en averiguarlo. Lo único que te importaba era que yo sirviera a tus propósitos.

–¡Eso no es cierto! –gritó él vehementemente.

–¡Mentiroso!

–Yo no te he mentido. ¡Nunca!

–Me gustaría oír ahora cómo razonas eso. ¿Si pones un grano de verdad no es una mentira? ¿Es así para ti, Richard?

–Yo no te he mentido.

Llegaron a la casa y, nada más detenerse el

coche en el garaje, ella salió tan rápidamente como pudo. Una vez arriba de las escaleras, se volvió hacia Richard que, naturalmente, la estaba siguiendo.

–Esta noche no voy a dormir contigo –le dijo–. Ni nunca más. Búscate un sitio para dormir porque yo ya no voy a ser más tu... tu esposa.

Él la miró amargamente y siguió avanzando.

Leigh echó a andar y llegó hasta su dormitorio, entró y cerró la puerta. Aquella era su casa. Era parte de su acuerdo y no veía ninguna razón por la que ella debía terminar con nada cuando le había proporcionado la herencia que él quería. ¡Él podía encontrarse otro sitio donde vivir!

Se quitó los zapatos y se acercó al espejo para quitarse la cadena de oro. Temblaba tanto por la rabia que casi no podía concentrarse en eso.

Entonces se abrió la puerta y Richard entró en la habitación.

–¡Sal de aquí! –le gritó.

Pero él no le hizo caso. Con una tranquila arrogancia que la enfadó más todavía, cerró la puerta tras él y se quedó allí.

–¡Te he dicho que salgas! –gritó ella de nuevo, tomó el ramo de rosas que él le había enviado antes y se los tiró–. ¡Y llévate esto también!

Pero él no se marchó. No se movió en absoluto.

–Te he dejado ir dos veces, Leigh –dijo él tranquilamente–. No te voy a dejar ir ahora. Además de lo que hay entre nosotros, tú llevas a mi hijo y nadie me va a impedir estar con él. Ni voy a permitir que él no tenga a su padre.

Capítulo 14

EL PADRE de su hijo.
De alguna manera, el recuerdo de la paternidad de Richard y lo que significaba para él, la calmó. Se quedó donde estaba, mirándolo temblorosa.

Su mente estaba indecisa. ¿Podía ella realmente justificar el dejar a Richard fuera de sus vidas? Un hijo necesita un padre, y no solo de nombre. Un apellido no era suficiente. Dios sabía que Richard y ella lo sabían muy bien.

Y Richard le había dicho desde el principio que cualquier hijo sería algo precioso para él.

Sabía muy bien que eso no era mentira, todo indicaba que era la verdad. Ella sabía intuitivamente que todos los años de la solitaria vida de Richard debían haber formado en él la profunda decisión de darle lo mejor a sus hijos, lo mejor de todas las maneras posibles.

—Lamento que te haya molestado lo que ha dicho mi madre –dijo él.

Entonces a ella se le ocurrió una pregunta.

–¿Por qué ella no se lo contó a Lawrence? Entonces tú podrías haber tenido un padre que se interesara por ti.

–Por orgullo. Mi madre decidió que, dado que él no la quería a ella, no me tendría a mí. Fue como una venganza silenciosa, pero que creo que le ha dado una satisfacción considerable con los años.

–¿Y por qué me lo ha contado a mí? ¿Por qué esta noche?

–Porque él está muerto. No existe el riesgo de que le devuelva la jugada –dijo él notándosele la ira en el rostro–. Aunque yo le voy a decir unas cuantas cosas en su momento. No tenía derecho...

Esas palabras la enfadaron de nuevo.

–No, no lo tenía. Pero tú deberías habérmelo contado, Richard. Deberías haber sido sincero conmigo.

Él agitó la cabeza.

–No quería que lo supieras. Nunca. Podría haber afectado a la forma en que me vieras, en lo que sintieras por mí –dijo suspirando pesadamente–. Como lo está haciendo ahora, a pesar del hecho de que soy el mismo hombre al que abrazaste tan contenta cuando volví a casa esta misma noche.

–No. Esa era la máscara que te ponías para

mí. El hombre real es el que conozco ahora.

–¿Y qué es diferente, Leigh? ¿Un apellido que ni siquiera llevo? ¿Un apellido que destruyó mi infancia como lo hizo con la tuya? ¿Un apellido que odio tanto como tú? –dijo él avanzando hacia ella–. No permitas que eso nos separe. Es un lazo que compartimos. Es un...

–¡Para! –exclamó ella levantando los brazos y retrocediendo a la vez–. No te me acerques, Richard. Si intentas tocarme, pelearé con uñas y dientes.

Él se detuvo cerca del pie de la cama, pero aún así, Leigh se sintió agobiada. Se agarró a la cabecera de la cama, necesitaba un punto de apoyo, ya que sentía débiles las piernas. Podía derrumbarse en cualquier momento.

Richard frunció el ceño.

–Ya sabes que yo no te haría daño nunca, Leigh. De ninguna manera.

–¡Ya me lo has hecho! Me mentiste y yo te creí. Deberías haber sabido que yo quería creerte y tú me dijiste lo que yo necesitaba oír...

Entonces los ojos se le llenaron de lágrimas y se le hizo un nudo en la garganta. Tosió. No podía ni empezar a expresar lo que él le había hecho con sus mentiras.

–Yo no te lo conté todo sobre mí, pero nunca te he mentido.

–Me has traicionado. Y sabes que lo has hecho al hacerme pensar que yo era la que más te gustaba.

Aquello era lo más cruel de todo.

–Y lo eras. No te traicioné cuando te dije que eras la novia de mi elección.

–No podías elegir a mis hermanas, así que no había elección.

–No las habría querido aunque hubiera podido –insistió él–. Te quería a ti, Leigh. Siempre te he querido a ti.

–No, no, no... ¡No me elegiste por mí! Quien yo era, como persona... ¡eso no contaba!

–Sí que contaba –afirmó él con un fervor intenso.

Eso la hizo gritar.

–¡No me mientas! Yo era la única que te podía proporcionar lo que querías.

–¡Sí! La única. ¡Porque lo que siempre he querido es estar contigo!

–¡Eso no es cierto!

–Contigo, Leigh. Contigo y poniendo a Lawrence Durant a tus pies. Contigo, en el papel que querías que yo hubiera tomado antes de que fuera el momento de hacerlo, el de tu campeón. Contigo, durante el resto de nuestras vidas. ¡Así es como quiero estar!

Ella lo miró atontada, perpleja. Lo miraba mareada mientras él recorría la habitación gesticulando mientras sacaba a la luz sus sentimientos en un torrente turbulento de palabras que hacían más que encogerle el corazón.

–Tú eres la única para mí. La única que ha existido en un sentido de importancia. Era por ti por quien iba a los almuerzos de los domingos de Lawrence, no por él. Sentí una unión instantánea contigo, Leigh, pero entonces eras solo una adolescente. Iba para protegerte, para detenerlo. Me sentaba allí, deseando que no se metiera tanto contigo y, cuando por fin te marchaste, me sentí orgulloso de ti, tanto que estuve dándote ánimos interiormente durante días. ¡Lo habías hecho! ¡Te habías liberado!

Hizo entonces una pausa y la miró con una expresión extraña.

–Eso fue todo lo que pude hacer para no ir tras de ti entonces.

–¿Entonces?

Leigh repitió eso incrédulamente, sorprendida por sus palabras, por esa respuesta a los sueños secretos que había tenido entonces, pero que nunca se los había contado a él. ¿Cómo podía él conocerlos? ¿Se le habían notado tanto?

Richard estaba agitando la cabeza.

–No habría estado bien que tratara de ponerme en contacto contigo entonces. Tú me relacionabas con Lawrence.

Sí, así había sido. Él era la mano derecha de su padre. Pero no lo era, nunca lo había sido, y

lo que le estaba contando acerca de sus sentimientos hacia ella... La memoria le devolvió el
día del funeral, él le había dicho entonces que
eran compañeros de viaje. Un compañero de
viaje por un camino que poca gente podía conocer o entender... un nexo...

–Tú necesitabas apartarte de todo aquello,
Necesitabas encontrar tu propio camino. Y
tiempo para transformarte en la persona que
eras capaz de ser.

Leigh se dio cuenta de la verdad de lo que él
le estaba diciendo.

–Contraté a un investigador privado para no
perderte la pista. También era la mejor manera
de asegurarme de que no te pasaba nada. Luego
organicé una investigación para buscar a tu padre verdadero, pensando que él podría ser alguien a quien te pudieras dirigir, que te podía
reconocer como su hija, pero no fue ese el caso.
Yo te habría puesto en contacto con él, Leigh, si
hubiera pensado que te serviría de alguna ayuda. Pero él estaba en Italia y me pareció oportu-
no. Me pareció mejor dejarlo estar hasta que lle-
gara el momento de contártelo. No me esperaba
que Lawrence muriera –continuó Richard–. En
otro año o dos yo ya había hecho los planes necesarios para quitarle el control de la empresa.
Entonces habría ido a buscarte. Te habría corte-
jado con todo lo que te pudiera ofrecer.

Y eso la habría enviado a las nubes, Pensó Leigh.

–Pero la muerte de Lawrence frustró ese plan –continuó él–. Y tú volviste para el funeral. Ya no eras una adolescente. Eras una mujer. Una mujer tan hermosa que me morí de ganas de tenerte.

Ella agitó la cabeza dándose cuenta de lo mucho que había malinterpretado todo lo que él había dicho y hecho.

–Es cierto, Leigh. Te lo juro –declaró él malinterpretando su gesto–. Sí, el testamento de Lawrence entró en juego. Yo quería que tú lo tuvieras todo. Quise dártelo a ti. Pero, sobre todo, te quería a ti. Te quería de mala manera, así que utilicé todos los medios a mi alcance para conseguirte ese día.

Ella recordó que, ese día, en los jardines, él se lo había dicho.

–Supongo que no me creerás si te digo que te amaba.

Entonces no lo había creído. Ni por un momento. Y en los cuatro meses que llevaban juntos, no se había permitido a sí misma creerlo, lo habría dudado aunque él hubiera dicho las palabras, cosa que no había hecho. ¿Habría estado él esperando a que fuera ella quien las dijera?

–En su momento, no me importó por qué accediste a casarte conmigo. Lo hiciste. Y yo pensé que podría hacer que te unieras más a mí...

–¿Con el sexo?

–Tú respondiste a mí. Todas las veces. Yo pensé que era la única vía segura que tenía de llegar a ti, de tenerte. Pero también traté de cortejarte, Leigh. Con la boda, la luna de miel...

Su reina...

Y las rosas... Las de la boda y las de ese mismo día. Miró el ramo tirado en el suelo...

–Yo pensé que teniendo un hijo, nuestro hijo... Por favor, Leigh, hazlo por él si no por mí. No me dejes fuera.

Como lo había estado la mayor parte de su vida.

Ella levantó la mirada con los ojos llenos de lágrimas. Unas lágrimas que le corrían por las mejillas.

–Yo te amo, Richard –gimió–. Pensé que tú no me amabas, que yo no era.... no era nada de nuevo. Lo siento, yo...

él la abrazó tan rápidamente que Leigh se olvidó de lo que estaba tratando de decir. Simplemente se apoyó contra su calor y agradeció su fuerza porque lo único que podía hacer era llorarle en el hombro.

–Mi vida no es nada sin ti, Leigh –dijo él–. Desde el día en que te conocí me diste una razón de ser. Una buena razón. Y luego tener tu realidad desde que estamos casados...

Richard suspiró entonces y añadió:

–No pienses que no eres nada. Lo eres todo. La luz de mi vida. La alegría. La mujer a quien amo. Contigo me siento... bien. Como si todas las piezas que faltaban hubieran encajado. Los espacios vacíos han sido llenados por ti. No sé sin entiendes lo que te quiero decir...

–Oh, sí –respondió ella llena de emoción.

Levantó la cabeza y miró al hombre que amaba y que quería tanto. Él la estaba mirando, revelando todo lo que ella quería ver y saber, sin dobleces, sin manipulaciones, su deseo por ella tan claro como el de ella misma.

Sus bocas se encontraron en un ansia mutua de saborearlo, de sentirlo tan plenamente como fuera posible. De todo el placer que habían sacado entonces de su matrimonio, no se podía comparar con el de esa reconciliación.

Más tarde, durante la noche, estaban tumbados en la cama, desnudos y satisfechos. Richard le acariciaba el vientre cuando Leigh recordó de repente una de las condiciones del testamento de Lawrence y sintió un instantáneo destello de rebelión.

–¿Richard?

–¿Sí?

–¿Tenemos que llamar Lawrence a nuestro hijo?

–No. Es nuestro hijo y va a ser él mismo –dijo él y la besó en el vientre.

En ese momento, el niño dio una patada y Richard sonrió.

–¿Ves? Está haciendo notar su presencia. Es un individuo de pleno derecho.

Ella se rio.

–Yo creía que estaba en el testamento.

–Eso se puede sortear.

–¿Qué nombre te gustaría?

Richard se encogió de hombros.

–Los que tú quieras.

–Hay montones de nombres que me gustan.

Él la miró esperanzado.

–Entonces tal vez debamos tener más de un hijo para que los puedas usar todos.

–¿Y cuántos hijos te gustaría tener, Richard? ¿Estás pensando en fundar una dinastía?

Eso lo había dicho en broma, pero Richard frunció el ceño inmediatamente.

–No. Eso nunca. No me confundas con Lawrence, Leigh. Cuando tenga el control de la empresa, podemos venderla si quieres verte libre de eso. No necesito que ningún hijo mío ocupe luego mi lugar.

–Ya lo sé, Richard. No te estaba comparando con Lawrence. Si yo soy tu reina, tú eres mi rey y, si formamos una familia, eso será una dinastía, ¿no? Solo que todos nuestros hijos podrán abdicar y hacer lo que quieran, ¿no es así?

—Eso es. ¿Todos nuestros hijos?

—Bueno, no queremos que este sea un hijo único, ¿verdad? Se sentiría muy solo.

—Eso era lo que yo estaba pensando —dijo él encantado—. Una familia nuestra, Leigh. Desde el principio al final.

—Sí. Y empieza con nosotros —murmuró ella.

—Podemos hacerlo —afirmó él abrazándola de nuevo—. Lo haremos juntos, Leigh. Un seguro círculo de amor donde puedan crecer y ser lo que quieran.

—¿Es ese el fin que quieres, Richard?

—Contigo, mi amor. Contigo.

La besó y Leigh supo que era cierto.

Capítulo 15

ESA FUE la fiesta más grande que nunca hubiera organizado en su casa y Leigh estaba encantada de que fuera tan bien. Todos los invitados, familia y amigos, parecían estar de muy buen humor y se lo estaban pasando muy bien. Por supuesto, una fiesta de bautizo era una ocasión alegre y su hijo, de cuatro meses de edad ya, era la estrella de la misma. Mejor todavía, el testamento de Lawrence se había visto por fin cumplido y el futuro estaba abierto para todos.

Leigh sospechaba que eso contribuía en gran medida al buen humor de sus hermanas, que habían asistido todas. Dudaba que alguna vez pudiera sentirse cercana a ellas, pero por lo menos ya no sentían el viejo antagonismo hacia ella.

Tal vez fuera que ya no la tenían más por algo ajeno a ellas. Hacía ya un año de la muerte de Lawrence y su insidiosa influencia se había esfumado, así que tal vez estaban ya viendo las cosas con sus propios ojos. Tanto Felicity como Vanessa parecían sinceras cuando le dieron la enhorabuena.

–Un niño precioso, Leigh –le dijo Vanessa mirando al hombre con el que estaba saliendo–. Me hace sentirme maternal. ¿Crees que serías un buen padre, Jordan?

–Solo dejaré que me utilices para tener un hijo si te casas conmigo –respondió él muy contento.

–¡Oh, vaya! Me está presionando mucho, Leigh. Creo que va a tener que demostrar que es tan buen padre como Richard antes de que lo acepte como marido. ¿Cómo si no podré saber qué clase de padre será?

Habiendo tenido un padre como Lawrence, Leigh podía saber a lo que. se refería Vanessa, pero al ver la forma en que se miraban, esperó que todo les fuera bien.

Richard estaba completamente absorto con su hijo y no lo soltaba para nada. Era adorable.

Estaba volviendo al lado de Richard cuando la interceptó Caroline.

–¿Tienes un momento, Leigh? –dijo.

–Claro. ¿Qué quieres?

–Hablar contigo –dijo Caroline sonriendo irónicamente–. Eso si puedes dejar de jugar a la familia feliz por un momento...

Leigh se dio cuenta de que Caroline estaba esperándose una reprimenda. Sonrió para tranquilizarla y le dijo:

—Bueno, podemos salir al patio.

Caroline se relajó levemente.

—Gracias, Leigh.

Una vez fuera, Caroline tomó unas copas de la bandeja de uno de los camareros y le dio una a Leigh.

Se bebió la mitad de su copa de champán de un trago y dijo:

—Necesito un poco de ánimo.

Leigh se preguntó que para qué.

—Te debo una disculpa —dijo Caroline—. He sido una cerda contigo y lo siento. Tú lo hiciste mejor que todas nosotras al irte a vivir por tu cuenta. Y también lo hiciste bien con Richard. Lo único que puedo poner como excusa es que he pasado mucho tiempo siendo literalmente aplastada.

Leigh respiró profundamente. Aquello le afectaba mucho.

—Espero que ahora sea mejor para ti, Caroline.

—Oh, eso espero. Voy a dejar de reaccionar ante el rechazo de nuestro querido difunto padre hacia mis habilidades y voy a empezar a trabajar.

–¿En qué?

–Como abogada. Es un reto en el que puedo hacer algo. Y lleva al poder. Me gusta el poder. Me habría casado con Richard por él, pero será mejor si lo consigo por mí misma. No lo quiero a través de un hombre.

Su madre tenía razón, pensó Leigh. Caroline era más parecida a su padre que las demás.

–¿Sabes? Es mejor para todas que Richard te eligiera a ti –continuó Caroline–. Eso nos ha hecho libres, como tú dijiste en tu boda. Libres para elegir sin miedo. Aunque Richard no nos habría elegido a ninguna de nosotras. Siempre serías tú, ¿no es así?

–Sí.

–Y es por amor. Lo veo ahora. No solo en ti, sino en él también. Me gusta veros. Es tan distinto... Sin tensiones. Todo parece bien.

–Me alegro que no te importe.

–¡Importarme! Me estaba preguntando si no te importaría a ti si me paso por aquí de vez en cuando. Solo para recordarme a mí misma cómo puede ser. ¿Podría visitar al niño? Quiero decir... que podría salirme un lado bueno si le doy la oportunidad –dijo sonriendo.

–Eres bienvenida en todo momento, Caroline –respondió Leigh cálidamente, entendiendo bien lo que necesitaba su hermana.

El alivio de Caroline fue evidente.

–Gracias, Leigh. El niño es realmente una monada. Me encanta cuando sonríe. Se me derrite el corazón. ¿Le ha elegido el nombre Richard?

–No, yo.

–Bueno, ¡bien por ti! Es perfecto. Alexander. ¡Alejandro el Grande!

Leigh se rio.

–No tiene que ser grande, Caroline. Siempre que sea feliz consigo mismo. Eso es lo que queremos para él.

Caroline sonrió de nuevo.

–Bueno, puedes contar con que esta tía le va a dar toda su aprobación.

Las dos se rieron con ganas.

–¿De qué os reís?

Se volvieron y se encontraron con Nadine acercándose a ellas.

–De cómo la falta de aprobación nos hundió a todas en el pasado –dijo Caroline.

Nadine hizo girar los ojos en sus órbitas y se detuvo junto a ellas.

–¿Por qué destruir un día tan bonito con unos recuerdos tan miserables?

Se volvió y señaló al sendero que tenían delante.

–¿Has puesto tú esa cerámica en el jardín, Leigh?

–Sí. Son parte de una colección que he hecho para decorar exteriores.

–Mamá me dijo que haces cerámica. He de decir que tienes un buen ojo para colocarla en el lugar adecuado.

–Gracias.

–¿Sabes? Nunca pensé que fueras buena en nada, Leigh. Pero lo eres.

Esa cruda declaración era muy de Nadine. Leigh no la encontró nada ofensiva.

–Me alegro de oírlo –dijo.

–Si quieres aprobación, yo te daré montones por tus obras y la forma como los has usado.

–Es muy amable por tu parte, Nadine.

Caroline hizo una mueca y Nadine le frunció el ceño.

–No estoy bromeando. Leigh, eres realmente buena en esto. De hecho, estoy pensando montar una tienda de regalos ahora que tengo dinero. Cuando la tenga, me gustaría tener allí algunas cosas tuyas, Leigh. ¿Podríamos llegar a un acuerdo?

–Seguro que sí –admitió ella alegremente–. Y lamento haber sido tan molesta para ti cuando era pequeña.

–Bueno, eras una niña muy inquieta y siempre me estabas metiendo en problemas. Luego apareciste de nuevo y nos quitaste a Richard. Aquello fue demasiado. A mí él me gustaba de verdad. Y no sabía qué era lo que él veía en ti.

–Llámalo química –intervino Caroline irónicamente.

–Supongo –admitió Nadine suspirando–. Y sigue funcionando. ¿Quién habría pensado que vería a Richard Seymour como un auténtico esclavo de una mujer y un niño? Hablando del rey de Roma...

Todas se volvieron al oír el llanto de un niño. Richard se estaba acercando a ellas con Alexander en brazos y tratando de calmarlo, pero el niño no le hacía nada de caso.

–¿Qué le pasa? –preguntó Caroline.

Leigh sonrió.

–Hora de comer. Cuando Alexander decide que tiene hambre no hay quien lo pare.

Richard lo puso en sus brazos y dijo:

–Esto es algo que yo no puedo hacer –dijo.

Alexander dejó de llorar inmediatamente y empezó a pegarse al pecho de Leigh.

–¿Veis? Puede oler la leche –explicó Richard.

Las dos mujeres se echaron a reír y se metieron con Richard por las limitaciones de ser padre mientras Leigh entraba en la casa para satisfacer las necesidades de su hijo. En vez de subir al piso de arriba, se dirigió al taller, donde había preparado todo lo necesario para cambiarlo allí durante el día.

Encontrarse con su madre allí fue una auténtica sorpresa.

—¿Buscando refugio de la fiesta, madre?

Alicia sonrió.

—No. Solo quería ver lo que has estado haciendo recientemente. ¿Hora de comer?

—Sí.

—¿Te importa si me quedo?

—En absoluto.

Leigh se sentó en una mecedora y se puso a dar de mamar a Alexander. Mientras tanto, su madre se acercó al jarrón que le había llamado la atención la vez anterior.

—No lo has vendido –le dijo.

—¿Lo quieres tú, madre?

—Oh, estoy segura de que te has quedado con él porque es especial para ti, Leigh. Yo no...

—Tómalo como un regalo de agradecimiento por ayudarme a organizar la fiesta.

—¿De verdad? —dijo su madre encantada—. ¿En serio que no te importa?

—No. Lo he guardado porque ha sido mi primer éxito con esos brillos. Si te gusta...

—¡Es precioso! Me encantó desde el momento en que lo vi.

—Entonces, es tuyo.

—¡Muchas gracias, Leigh!

Alicia se dedicó a curiosear las demás piezas mientras ella terminaba de dar de mamar a Alexander. Durante ese año habían establecido una cómoda relación entre ambas.

Luego, mientras cambiaba de pañales al niño, Alicia dijo:

—Es curioso ese cabello negro.

—Bueno, Richard y yo tenemos los dos el cabello negro.

—Sí. Pero se me parece más a ti, Leigh. Sus ojos son demasiado oscuros para volverse luego azules. Puede que la gente piense que es el nieto de Lawrence, pero realmente es el mío, ¿no es así, querida? —dijo mientras se inclinaba y le hacía unas gracias al niño—. Va a ser divertido tener un niño en la familia. Y no uno que tenga que ser como Lawrence. ¿Sabes? realmente me gustaría disfrutar de un niño. Yo no he sido precisamente una buena madre, pero si me dejas intentar ser una buena abuela...

—Tú eres su abuela —dijo Leigh pasándole a su hijo—. ¡Toma! Llévaselo a Richard.

Alicia lo tomó encantada y lo sacó del estudio.

Ella se quedó allí, pensando en lo mucho que había cambiado su vida en esos meses. Incluso Richard había logrado hacer las paces con su madre gracias a la insistencia de Leigh. Entonces oyó unos pasos en el pasillo.

Era Richard, su marido, su alma gemela.

Entró en el taller y le dio un beso en la frente.

–Parece que nuestras respectivas madres han encontrado un interés positivo en común –murmuró.

–¿Nuestro hijo?

–Nuestro hijo...

Tess Baron supo que se había metido en un lío en el momento en que puso los ojos en aquel misterioso y sexy desconocido. ¿Por qué había aparecido Nick Trejo de repente, solicitándole un encuentro privado? ¿Y qué había en Nick que hacía que Tess anhelase estar en sus brazos...?

Nick iba en pos de descubrir la fortuna de su familia, y no iba a dejar que una guapa heredera se interpusiese en su camino... aunque se hubiese enamorado de ella.

PIDELO EN TU QUIOSCO

Sam Fletcher era un empresario de éxito, acostumbrado a mandar. Siempre se enfrentaba con éxito a cualquier situación, por muy difícil que fuera. Por eso, cuando Josie Nolan le dijo que estaba esperando un hijo suyo... Bueno, Sam se quedó algo perplejo, pero no por ello iba a flaquear.

Con un Fletcher en camino, tendría naturalmente que haber boda. A Sam el matrimonio le parecía la solución lógica al problema del embarazo, pero Josie deseaba casarse por amor, no por las convenciones sociales. El nacimiento del bebé era inminente y Sam tenía que convencer a Josie lo antes posible...

Sentimientos equivocados

Anne McAllister

PIDELO EN TU QUIOSCO

Diane Fields, una mujer inteligente y práctica, divorciada y madre de tres hijos, no creía en los finales felices, aunque su hermana estuviera casada con el rey de Elbia. Por ello, cuando el conde Thomas Smythe, el atractivo y aguerrido guardaespaldas del cuñado de Diane, le ofreció unas relajantes vacaciones en el lujoso castillo de Elbia, estuvo a punto de rechazarlas. Sin embargo, el fiel emisario del rey tenía una sed tan ardiente reflejada en los ojos que, poco a poco, fue prendiendo una apasionada llama de amor en el corazón de Diane...

PIDELO EN TU QUIOSCO